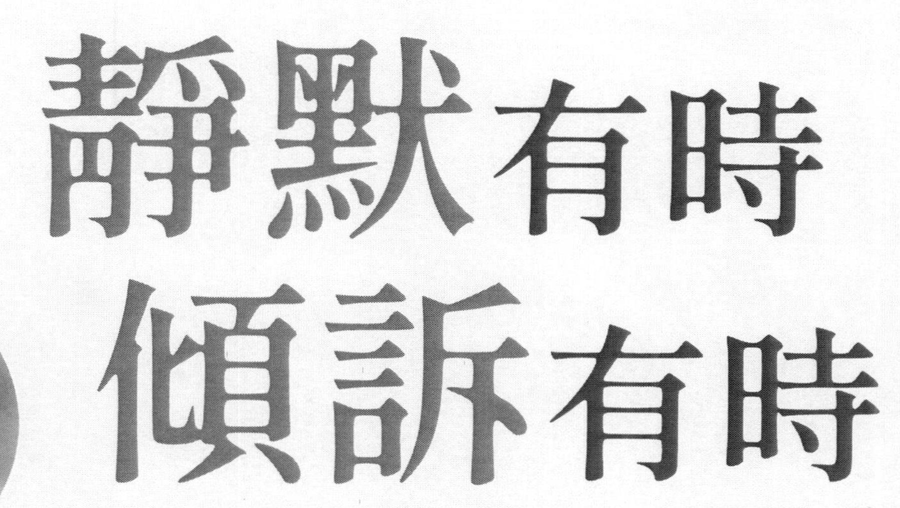

靜默有時 傾訴有時

愛情、藝術、生活，跨越文化與時代

黎戈筆下的文學巨匠

我，生而為我，是多麼愉悅的事情

黎戈 著

【她們的故事、他們的世界，黎戈人物評論隨筆】

這不僅是文學評論，更是跨越時空的文化對話

為讀者打開一扇了解不同作家和他們作品的新窗口

目錄

序

第一輯　她們

目錄

第二輯　他們

第三輯　青春荷爾蒙與狂飆時代

第四輯　日常生活的質感

後記：我還是愛你到老

序

這本書裡的很多文章，寫於我的部落格時代。那是一個普通人突然擁有表達空間的年代，如果說我有所懷念，我眷戀的，很可能是那種文字的「野生感」—— 有時，心追不上手，一輩子好像都沒說過那麼多話。有時，手又追不上心，奔湧的激情，策馬夜奔，溶溶月色，浩浩山河，並不知前路如何，只覺得來不及，像一個驟來的春天那樣盛大和無措。

如今，這激情已經有了更成熟的樣貌，我常常摸摸胸口，知道它還在，就安心了。

黎戈

第一輯

她們

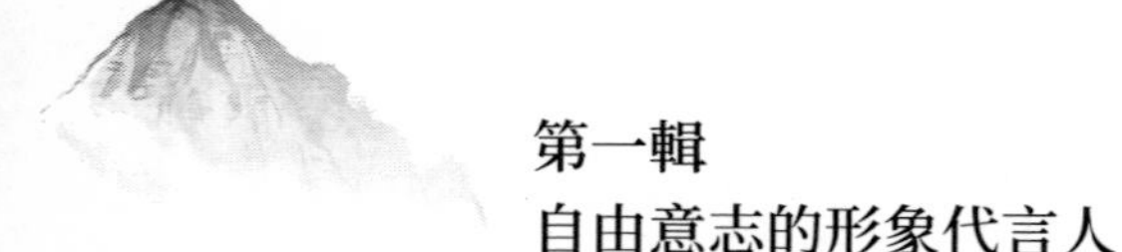

瑪格麗特·尤瑟娜（Marguerite Yourcenar）：自由意志的形象代言人

哈哈，我要寫尤瑟娜的筆記了，我正襟危坐，雙目灼灼，手裡攥著一大把尖利的形容詞，它們像小毒針似的等待發射，「孤僻，離群，局外人氣質，自我狀態極強，倨傲，博學，不近人情，寡情……」我用它們固定我筆下的人物，像製作蝴蝶標本一樣，我這麼做過好多次了，不在乎對尤瑟娜再來這麼一次。但這個女人實在……太難以捉摸了。

何謂自由？如果自由意志也有一個形象代言人，那就應該是她了。她的前半生居無定所，在她還是個小女孩時，常常在半夜從溫暖的小被窩裡被保母抱出來，帶著她的小箱子，箱子裡裝著染了孩童乳香的小睡衣。她揉著矇矓的睡眼，隨爸爸坐上夜行火車，奔赴酒吧。迷亂的夜生活，遍地霓虹碎影的紅燈區，帶著醉意召妓的酒客，和有婦之夫私通的女人……作為一個風流男人的女兒，她在幼時就見過這些成年人的感情生活。

她從來沒有進過學校，沒有做過一份長時間的穩定工作，沒有參加過一個文學團體，沒有一個定居點，沒有一個固定的性伴侶，她的行李寄存在歐洲各處的旅館裡。但是慢著，從她 36 歲起，她卻和另外一個女人同居了 40 年。在遠離大陸的荒島上，她們自己種菜、養雞、烤麵包、用抽水幫浦打水，沒有電視，沒有電影院，沒有汽車……比一匹狂奔的馬更能顯示馬的力量的是什麼呢？我想，就是在高速中剎住馬蹄的一剎那吧！尤瑟娜就是如此，動亦隨心，靜亦隨性，緊貼自己的思考曲線。

她的祖父差點死於一次火車出軌，她的爸爸少時險被脫韁的驚馬踩死，媽媽則因生她而死於產後腹膜炎。當她還是個褐髮碧眼的小女孩時，孤獨地住在一個路易十八（Louis XVIII）時期風格的城堡裡，和一隻角上塗了金粉的大綿羊做伴，那時她就知道：生命根本就是一件極偶然的事情，所以她一生致力去做的唯一一件事就是成為她自己。18 歲時，她打亂了自己世襲的貴族姓氏中的字母，把它們重新排列組合成一個叫「尤瑟娜」的怪姓，就這樣，她把自己放逐於家族的譜系之外。她終身未婚，因為厭棄母職，所以也未育。她的血緣既無來處，也無去路。

她不願意給自己任何一個固定的身分，她不是任何人的女兒、姐妹、母親、妻子或情婦，她痛恨被貼上在他人的名字之後。她是誰？她從哪裡來？她是那個喜歡豔遇、通宵飲酒、自由為貴、及時行樂的瘦高男人和他的清教徒老婆生的嗎？啊，她只是從他們的體內經過一下罷了，她和她的異母兄弟從無往來，相比之下她倒是更親近樹木和動物——在她眼中，眾生平等，她可以為爸爸平靜地送葬，卻會為一隻小狗的猝死幾近昏厥。

她喜歡男人，也喜歡女人，她是同性戀酒吧的常客。她也為了追隨一個男人，和他在海上漂流數月，並為這個男人寫了《一彈解千愁》（*Coup de Grace*）。在小說裡，她要求這個不愛她的男人給她慈悲的一擊，她在書裡把自己殺掉了。她用書面自殺的方式，祭奠她死掉的愛情。然而在硬朗的男人面前，她也不覺得自己特別是女性，一旦離開那張魚水共歡的床，她和他們一樣要面對生活的甜美和粗糙，一樣在壓頂的命運之前無能為力。她幼時沒受過女紅之類的閨房教育，長大了，她

寫的也不是充斥脂粉氣的閨閣文字，而是歷史小說，其筆力之遒勁，結構之恢宏，邏輯性之強，恐怕連男性都望塵莫及。她是法蘭西學院的第一位女院士，連院士服都得請聖羅蘭公司幫她重新設計一件，這有什麼好驚訝的？她生來活在一切規則之外。

她也生活在時間之外。與她共處的親人都活在她的筆下：羅馬皇帝哈德良（Hadrianus）、教士澤農（Zenon）……在荒島生活的 40 年裡，在歐陸單身旅行的那些不眠之夜裡，頭頂上的星星一動也不動，像被凍住了一樣，她瑟縮在老式的高腳小床上，運筆如飛，靠這些小說人物為她驅寒取暖，她熟知他們的生日、星座、口味、愛好 —— 澤農的星座是精靈又陰沉的雙魚座，哈德良的星座是中性又慧黠的水瓶座，到了生日那天她還為他們烤了個小蛋糕呢。她聞得到他們悠遊其中的時代空氣，她看見他們穿著的僧侶服樣式，她聽到他們種下的一棵鬱金香的價錢，她和他們一樣生活在中世紀。在她還是一個小女孩、在旅館的小床上百無聊賴地等著夜歸的爸爸時，她就熟諳了用想像力進入異時異地的路徑。

她不屬於任何一個國度，39 歲的她拎著兩個手提行李箱，到了大洋彼岸的美國，只是為了投奔愛情 —— 那個叫格雷絲（Grace Frick）的美國女人。為了避戰禍，也是為了顯示對伴侶的忠誠，在其後的 48 年裡，一直到死她都是個美國人，可是只要關起家門，她說的就是一口純正的法語，吃的是法式甜點，讀的是法語書。身分證的顏色，護照上的國籍，和她一點關係都沒有。

她和那個長得像禿鷲似的美國女人格雷絲，在人煙渺渺的荒島上生活了 40 年，這 40 年的流年水痕，全記錄在一本本記事本裡，本子裡有很多的「＊」號和處女座符號「♍」，「＊」號代表肉體的歡娛，處女座符號是幸福，越往後翻，「＊」和處女座符號就越稀落，而被沉默對峙的「……」所替代，就像所有的世間夫妻一樣。在遠離母國、遠離母語、無援的蠻荒中，格雷絲對尤瑟娜來說意味著什麼？我在《默默無聞的人》（或譯為《九隻手中的一枚硬幣》）（*A Coin in Nine Hands*）中找到一段話，也許可以描述她的心境：「那個人（荒島看守者）默默等待著死亡來襲，他盼望著運送給養的船隻，不是為了麵包、乳酪、水果，也不是為了寶貴的淡水，他只是需要看看另外一張人臉，好想起來自己好歹也有那麼一張。」穿心的寂寞已經把人挫骨揚灰，這段話看得我心驚膽顫。

在這個一年有小半年大雪封門的荒島上，兩個鋒芒銳利的女人，如此近距離地對峙著，格雷絲控制並濾掉了所有日常生活的瑣細和雜質，尤瑟娜得以保全她近乎真空的安靜，在靜謐中，她獲取極大的自由，自由出入所有的世紀，人們一直無法弄清，她們之間，是誰，以何種微妙的比例，把自己的生活方式和優先權，強加給另外一個。怨懟、疏離、擺脫控制的慾望，一點點毒化了這對愛侶的家庭空氣。一直到格雷絲死後，尤瑟娜才發現：自己不會開車，不會處理銀行帳單，不會操作電動幫浦，甚至她連接電話的習慣都沒有——之前這些都是格雷絲做的。

也許自由得自捨棄——她年輕時寫的那些書，真沒法看，我承認我學識不足吧，不曉得那些囉唆拗口的文字，是不是就是所謂的古典文體。我不明白，為什麼很簡單的一個故事，要動用那麼大的敘事成本，又是鋪墊，又是渲染，又是敲鑼，又是打鼓。到了晚年，這些枝繁葉茂的描述性細節全脫落完，她的文字，徹底放下架子之後，才開始有了骨架嶙峋的靜美。她可以在一個細節裡融合大量的訊息，比如《虔誠的回憶》（*Le labyrinthe du monde*）裡，她寫自己的媽媽，在臨產前一邊準備孩童的襁褓，一邊默默地熨燙屍衣——預示她後來死於難產。個體在

命運之前的無力、悲劇壓頂的鬱鬱、敘述者的悲憫，都被這個細節啟動了。敘事的同時，抒情、背景描摹、時代空氣，全部都到位了。

有時，自由是悖論 —— 這個一生與文字為伴的女人，最不信任的，也是語言。她生就一張貪歡的面孔，卻認為示愛的最高境界是緘默。她聲稱她不太想父母，可是從 20 歲起，她開始把他們放進她的好幾本小說裡，代入各種時空條件下，她寫他們寫了 60 多年，她亦很少提及格雷絲，可是後者去世後，她拖著老弱的病體返回歐洲，把她們熱戀時的行程反覆溫習。寫作和旅行，是她生命中的兩顆一等星，她用它們來緬懷和追憶。什麼是至愛不死，什麼是至親不滅？在擬想的情節裡，她讓他們一次次復活，她徜徉其中，就像她小時候，常常在一條小溪邊騎馬漫步時的感覺。那一刻，她就是馬，是樹葉，是風，是水中沉默的魚群，是男人，也是女人，是妻子，也是丈夫，是爸爸，也是女兒，她充斥宇宙，她無所不在，一切因她而被照亮，她是她自己的神。

三個姓波娃（Beauvoir）的女人

《波娃姐妹》（*The Beauvoir Sisters*），克羅迪娜（Claudine Monteil）的書。買它是因為我的女配角情結。我一直對名女人……身邊的那個女人比較感興趣。然而，在書裡其實有三個女人。波娃姐妹，還有她們的娘。

波娃夫人是一個典型的中產階級主婦。當時的風尚，就是有身分的太太絕對不能有賴以餬口的一技之長。她其實是個力比多（libido，性慾）過剩的女人。又沒有正當出口發洩，再趕上中年危機、老公外遇，所以只能把所有的怨憤都傾瀉給孩子 —— 過度的管束欲。關於這個女人，她的一個親戚是這樣描述她的：「她到我們這裡來度假，一開始我們很開心，她很活躍又風趣……慢慢她開始管這、管那，她走的時候，我們都鬆了口氣。」

大女兒，也就是大名鼎鼎的西蒙．波娃（Simone de Beauvoir）同學，自小性格獨立、彪悍。父母對她說話，都是協商的語氣，如：「親愛的，不要碰那個東西，好嗎？」「這個女兒，你沒辦法按一般的方式對待她。」媽媽說。但小的那個就不一樣了，她性子溫軟得多，至少看上去是這樣。父母對她都是用命令句式，她的外號叫「玩具娃娃」。

玩具娃娃喜歡依賴別人。她第一個依賴的人是姐姐，姐姐手把手地教她識字、帶她上學，她想全心全意地依附在姐姐身上。可是姐姐有了自己的朋友，那是一個叫扎扎（Zaza）的女孩 —— 西蒙．波娃自小就有雙性戀傾向。妹妹從此落單了，有一種被遺棄的羞憤。

第一輯
自由意志的形象代言人

「你不愛我了？」

「我當然愛你。」

「你不會拋棄我？」

「不會的。」

姐姐熄燈睡了。妹妹哭了一整夜。

成長的歧路到底從什麼時候開始的呢？我想在這本書裡找到那個微妙的路標。未果。姐姐繼續求學，成績優異，被巴黎高等師範學院錄取的時候，她是第二名，第一名是沙特（Jean-Paul Sartre）。她不屈不撓地在兒時的奮鬥目標上前行。「按照自己本來的面目生活。」與沙特結成自由情侶，用她的一生，解釋了「自由女性」這個詞的含義：不婚，拒絕中產婚姻中的偽善和滑稽戲；不育，組織支持墮胎的簽署；反戰，結交阿爾巴尼亞勞動黨。

妹妹為姐姐擔心得發抖，他們被政府列為公敵，隨時會被暗殺……說實話，我覺得她真是多慮了。看沙特和西蒙·波娃同學參政，簡直是惡搞，門窗大開地聚會，話音四處飄散，成員名單都弄丟在大街上……

妹妹成了姐姐嗤之以鼻的小資產階級主婦。嫁人、畫畫、做政府官員，一度還穿了軍裝。因為她要追隨自己的丈夫，後者是文化參戰。「體系的奴僕，小主婦，沒有才華，永遠不會成功的畫家。」姐姐在寫給情人的越洋情書裡，都不忘記譏諷妹妹中規中矩的打扮和舉止。可能是憤懣吧？自己的妹妹，背叛了她們早年的盟誓——絕對不苟且於虛偽的制度。法國知識分子一向鄙夷公務員，莒哈絲（Marguerite Duras）罵得更難聽。

本書最動人的一段是媽媽臨終前，這一家三個姓波娃的女人的和解。

屈指算了一下，老太太去世，是 1963 年的冬天。我是今年上半年看的《越洋情書》（*Lettres à Nelson Algren*），現在依稀有記憶。情書從

1947 年開始，持續了 17 年。也就是說，在 1963 年的時候，西蒙．波娃的越洋戀情，已經走到了絕路。那年她 55 歲，身體衰竭，皮肉鬆弛，納爾遜．艾格林（Nelson Algren）明言相告分手。青春期、男人的溫暖懷抱，都一去不復返。而沙特呢？他永遠不乏年輕美豔的追求者。西蒙．波娃的心裡，肯定也是五味雜陳吧，與沙特的智力聯盟，那種菁英聯手的快感和自得一向是她的精神支柱。

為了自由和獨立，連正常生活模式都犧牲掉的大女兒，和母親隔絕疏離了半生的大女兒，以和家庭對立為榮的那匹黑羊，現在也到了生命、愛情的頹喪老境。在會議、政務、寫作的餘暇，她也開始常常往家趕，照顧母親，幫她洗澡。

「她的裸體讓我難堪。」姐姐說。昏暗的環境下，她幫母親擦身。她繾綣過的男人、女人都不少，可是看著母親的身體，因為癌症的折磨已經變形的肉體，讓她羞恥。「我來。」妹妹長年畫人體素描，對各類肉體都習以為常。更重要的是，在她的心裡，對親情的隔閡感，不像姐姐那麼強烈。

母親痛得輾轉難安，醫生卻不讓她用嗎啡。醫生眨眨眼睛，說：「用嗎啡和墮胎，有良知的醫生絕對不會去做。」姐姐看著母親的痛狀，感到內疚，整整 14 年，自己都在為墮胎合法而奮鬥，醫生的話無疑是充滿敵意的，不讓母親用嗎啡，當然是教徒醫生對一個叛道女人的報復。

姐姐抱著母親枯槁的身體，她驚訝於自己忽然湧起的溫情。一條隱於地下的河流重新春來漲綠波了。

母親彌留，姐姐拒絕承認這個事實。她一生強悍，這樣的人，不肯正視死亡的終結。很多年後，她也試圖闖入沙特的病房。她總是不相信，或者說不接受，她愛的人會離她而去。

母親死之前說：「我為你們感到驕傲。」正是這個母親，30 多年前，為了阻止她們求學，剋扣姐妹倆的生活費。倔強的姐姐有半年的時間都沒錢吃午飯，一直到她自己賺到薪水，經濟獨立。

最後是看似軟弱的妹妹，闔上母親的眼睛，料理後事。

她們各自用自己的方式緬懷。妹妹回到了冰冷的畫室，在低溫下作畫。姐姐整夜翻著家庭相簿，不成眠，她甚至在母親的葬禮上流了淚。對父親，她沒有。對扎扎，也沒有。她寫了一本書，寫人的老年狀況，寫醫療部門的冷血，寫母親的故事，那本書叫《人都是要死的》（*All Men Are Mortal*）。書裡，她稱波娃老太太為「媽媽」，之前在《他人的血》（*The Blood of Others*）、《女賓》（*She Cameto Stay*）裡，老太太的身分是「我的母親」 —— 客氣、矜持、微諷、冷硬的距離感。書的題詞則是「獻給我的妹妹」。她終於承認，「在母親的肉裡，有我的童年，她去了，帶走了我的一部分。」這正是她用一生去抵制的 —— 家庭和血緣，及它們對自由意志的牽絆。

真是值得咀嚼。就像沙特對西蒙 · 波娃的最高評價，「她就好比我的伴侶」。伴侶，這不正是你們二位終生反抗的婚姻框架中的術語嗎？

不完全是愛誰多少的問題。我在想，其中更隱祕的力量是衰老。托爾斯泰（Leo Tolstoy）臨終前的悔罪，沙特彌留時想重返教廷，包括很多人，受到傷害之後，都會變得溫情與柔軟。還有，中國人說，人之將死，其言也善，其實是當一個人衰弱的時候，鬥志軟化。如果母親早死 20 年，波娃還在悖逆狂飆期的時候，這個和解也不會達成。

書的序言裡為波娃的辯解，充滿善意但多餘。「自紀德（André Paul Guillaume Gide ）時代以來，對親人的不近人情，已經成為激進知識分子的一個思潮。」簡直是越描越黑，啟人疑竇。

喬治·桑（George Sand）：穿長褲的女人

長褲對於女人，可以是一種最簡約的獨立宣言，比如喬治·桑。她有真正的混血氣質，不是指血統，而是指出身的落差 —— 她媽媽是個隨軍妓女，而她爸爸是個男爵，她自幼在一個大莊園裡孤獨地長大。和尤瑟娜一樣，因為沒有參考系，只好把自己活成了一個自轉的星系，她的稜角從來也沒有被打磨的機會，所以她根本用不著在人群裡製造個性突顯自己。作為當時法國唯一一個自己養活自己且順手養活情人的女人，穿長褲、馬甲、馬靴，抽菸斗，出沒於文學沙龍，只是她幼年穿著騎馬裝、獨自涉水遠足的延伸而已。

對於喬治·桑而言，長褲也是一種姿態，如果說她選擇用男名出入文壇，是為了贏得一種沒有被偏見汙染的解讀，不至於讓讀者開啟卷首就進入閱讀閨閣文學的閒散和惰性中，那穿長褲就是她在用身體語言說：「我，生而為我，是多麼愉悅的事情，我很享受這個。對我來說生活就是此時，這一刻，永遠是最好的，我只追隨自己的本性做事，散步、騎馬、穿男裝在田頭睡午覺、自由選擇情人，別想拿狹隘的女性行為路徑拘泥住我。」

這個當時法國唯一一個穿長褲的女人很幸運，生在一個新舊價值觀交接的年代，整個浪漫派陣營都是她的精神後盾，所以，得罪主流審美觀對她來說，只有娛樂的快感，而不必付出離群的慘重代價。如果早生

100 年，她的叛逆熱情會讓她被送進精神病院；晚 100 年，她難免不被草草塞到西蒙．波娃（Simone de Beauvoir）的女權陣營裡去。事實上，喬治．桑的可愛之處恰恰在於她的熱力，既不是宗教情緒式的獻祭熱情，也不是女權分子式的兩性對抗，她就是一個女人原始欲力和自由意志的結合。她愛男人，也在享受他們的愛，到了 60 歲她還在堅持洗冷水澡，只是為了讓身體保持最佳狀態，皮膚緊實，精力充沛，好和那個比她小 22 歲的男人共享魚水之歡。她在愛能上，和她在物質上一樣慷慨大方，那種貌似清淡的碎碎的小喜歡，可滿足不了她的大胃口。「我被一口口地、斷斷續續地弄得筋疲力盡，我站立不住，多麼瘋狂的幸福。」哈哈，這就是 200 年前的婦女性愛日記。

有時，穿長褲的女人會愛上一個穿長裙的女人，比如麥卡勒斯（Carson McCullers）對凱薩琳．安．波特（Katherine Anne Porter）。以上兩位女士都隸屬於美國南方作家群，這個文學團體，就像中國的江南作家群一樣，都是我的最愛，居移氣，養移體，文氣一樣是受地氣和血統影響的。他們的文字裡，都有分外纖細的神經末梢、陰溼的情緒流、暗影中出沒的情節。製造這些文字的南方派作家身上，也有相應的配置，凱薩琳．安．波特是老式的南方派淑女，這種女孩子在《飄》（*Gone with the Wind*）裡俯拾皆是。她們是骨架沉重、品質精良的老紅木家具，塵土飛揚的旅途中，頭髮也要梳得一絲不亂，戰火喧囂的太平洋艦隊上，也要用骨瓷杯喝咖啡，沉澱在骨子裡的世家修養，通身的貴族氣派，一舉手，一投足，都有傳統的重量。這個修養裡的一個預設值，就是女士一定要穿裙裝。

可是麥卡勒斯呢，上帝造她時肯定是分了心，造到半路就撒了手，既沒有替她配備女性的嫵媚身線，也沒有給她善於討好的甜美性格，她就是她筆下的弗蘭淇。「一切都得從弗蘭淇 12 歲的那個夏天說起，這個夏天，她離群已久，她不屬於任何一個團體，她無所依附。」（《婚禮的成員》〔*The Member of the Wedding*〕）只是開篇的一句話，洶湧的痛感撲面而來，如果你曾經是一個被群體排斥的孩子，如果你有一個被群體排斥的孩子，你就會明白。麥卡勒斯老是讓我想起《男孩不哭》（*Boys Don't Cry*）裡那個女孩：孤絕、倨傲、中性，游離在人群的邊緣，想湊近人氣密集的地方取暖，不得，也不怒，只是癟起嘴角，幾絲自嘲，裝出一副不在乎的樣子，因為如果沒有自憐的黏液來潤滑傷口，連痛都是生冷的乾痛，反正不能見容於主流審美，索性來點孩子氣的惡作劇，徹底走到對立面去自寵好了……麥卡勒斯也是一個終生穿男裝的女孩。她的奇裝異服是她隨身攜帶的小型舞臺，她自己是出入其中的唯一舞者、導演和觀眾。這讓她可以保護好自己的疏離，安全地自戀著。

且不提反常的性取向，就是穿長褲、衣衫邋遢、不修邊幅，就足以讓凱薩琳·安·波特徹底地厭棄麥卡勒斯了。想想郝思嘉（小說《飄》的女主角）因為不帶陽傘就被黑人奶媽訓斥的場景，老式淑女的教養有時甚至是一種潔癖，對不諳此道的麥卡勒斯而言，則乾脆是一道屏障。南方淑女的外柔內剛，我們在《飄》裡見得多了，所以當麥卡勒斯絮絮地敲著波特的房門而後者無動於衷時，基本上吻合我的預想，可是以下的發展多少讓我有點吃驚：當波特以為麥卡勒斯已經知難而退而打開房門時，卻發現後者匍匐在門檻下準備爬進來，這時，她居然從後者身上目不斜視地跨過去了！我想在這場角逐中，穿長裙的打敗了穿長褲的，因為波特的理直氣壯是有一個階級的價值觀：對自己是個正常人的自得，占領道德高地的優越感——這些內在力量支撐著她。麥卡勒斯有什麼？除了充滿孩子氣的遺世獨立，暫且達到峰值，可以衝破理智堤壩的感情，一旦峰值回落，她會比任何人都尷尬，所以如果說穿長褲的女人強勢，那只是表象。

第一輯
穿長褲的女人

示弱和依人，是舊時女人最基本的兩個技術工作，穿裙子操作起來一定比穿褲子方便，所以赫本一定是穿裙裝的，而嘉寶肯定是穿褲裝的。奧黛麗·赫本（Audrey Hepburn）小時候被爸爸拋棄過，雖然有維多利亞式的淑女教養使她自制，既不多話也不濫情，但她骨子裡是個情緒化且沒有安全感的人，每次上臺演出前都瑟瑟如風中荷葉，也許這才是她最動人的地方，有一種惹人愛憐的無助。葛麗泰·嘉寶（Greta Garbo）整個人大概都融進了她「瑞典女王」的角色中，硬朗、專權、獨立、自持，完全不介意外界的價值評判標準。

我有個姑母，從小被當男孩養的，一輩子都沒穿過裙子，「文革」時去了新疆生產建設兵團。千里塞外，明月孤燈，耳鬢廝磨，青春期的萌動下，她戀上了同屋一個溫柔婉轉、纖細柔弱的女孩子，兩人好得如膠似漆。後來人家家裡動用關係提前回城了，我這個姑媽也沒哭沒鬧，悶著頭為她準備了一籃子吃食，送人家回來的路上，就跳了馬車。後來我一直在想那個場景：漫天的大雪如絮如煙，疾馳的馬車，一個穿紅衣服的女孩子，內心決絕如鐵，眼裡有凍結的殺氣……當然她沒死，她也胡亂嫁了個男人，藉此回了城，女兒還在襁褓裡就離了婚，法庭上男方痛斥她，「滾熱的熱水瓶啊，就那麼劈頭蓋臉地扔過來」，她慘淡地笑，並不否認，更沒提他在外面有人。我家裡人一直說男方齷齪地誹謗她，我卻暗想她是做得出的，我這個姑母，愛恨都好走極端，沒有調和的中間路線，愛就是生死相隨的狂愛，恨就是欲置對方於死地而後快。我爸一直說我的烈性有點像她，我想到底是不同的，她是在刀鋒上赤足走過、知道那種凌虐痛感的人，是真正豁出自己、無所保留的人，我怎麼捨得……她再也沒有結過婚。

卡森·麥卡勒斯（Carson McCullers）：所謂孩子就是這樣

看麥卡勒斯傳記的時候，我一直在想，所謂終身制的孩子，就是像她這樣吧——被密密實實地保護和寵愛著，遠離責任機制；在物質或感情上總有源源不斷的補給。可是這個孩子呢，卻總是把自己想像成棄兒或流浪兒，她喜歡暗中享受那種被虐的快感，她把自己的內心分為裡屋和外屋：外屋裡，被她的媽媽或丈夫，或被她才華的芬芳吸引來的「蜂與蝶」照顧得衣食無缺。她呢？則蹲在裡屋的牆角，咫尺之遙的家人就是天涯，她唯一可親近的玩伴是自己的黑色想像力。她用它在裡屋牆壁上塗抹著她的黑色童話。童話裡住著駝背、大個子怪物，馬戲團裡才會出現的畸形人……她像玩積木一樣把玩、搭放著他們的命運。

我一邊看就一邊亂想，書很厚，近 60 萬字，細節的資料比冬雪堆積得還厚，因此，主體輪廓線比春天還不清晰。然後我又走神兒了，放下書，發個呆。窗外角落裡未融的幾絲雪痕讓人恍惚，外面的陽光朗朗照著，我想從這本書中逃離。書倒不是不好，只是春天來了啊……我老走神兒。

我和自己搏鬥著，把注意力拖回麥卡勒斯身上。這是一個古怪的孩子，從小被視為天才，除了證實自己的天才以外，別無其他生存目的。極度利己，5 歲時她差點謀害了新生的妹妹，只是怕後者分走自己一份母愛。一個消耗型的孩子，以勒索和獨占他人感情為生，就像溫暖的火

光需要耗掉空氣裡的水分和氧氣一樣，她必須用別人的關注、照顧和崇拜滋養著才能存活。當她寫作時，家裡必須靜謐無聲；當她休息時，這些沉默的愛戴者就得馬上安排一個活動沙龍，供她嬉戲和取樂其中。他們得用她的尺寸裁剪自己，凡是近身於她的人，精力都被她消耗殆盡，最後燈枯油盡，根本也不可能再建設自己的生活……我書寫文字的速度讓我不安，我意識到自己是想用壓縮的語言把這個孩子交代完就溜走。

是我太缺乏母性嗎？我發現自己對她有點不耐煩，我試著啟動我薄弱的同情心。她自幼不合群，她就是她筆下的弗蘭淇。「一切都得從弗蘭淇 12 歲的那個夏天說起，這個夏天，她離群已久，她不屬於任何一個團體，她無所依附。」這個孩子，孤絕、倨傲、中性，游離在人群的邊緣，想湊近人氣密集的地方取暖，不得，也不怒，只是癟起嘴角，幾絲自嘲，裝出一副不在乎的樣子，因為沒有自憐的黏液來潤滑傷口，連痛都是生冷的乾痛……其實這種疏離把她傷到了骨頭，傷到了根，就像所有曾經離群的孩子一樣。那種被棄的羞憤，讓麥卡勒斯終生都生活在惶惶不安之中，所以她練就了熟練的邀寵技術，她非常善於設計自己的形象，能視對方的口味即時調整自己的軟硬度，比如：她是個泳技很好的人，但她可以在人前裝出胡亂撲騰、不諳水性的樣子，甚至還能逼真地嗆幾口水，帶著孩子氣的惡作劇快感。她可以鏗鏘，可以示弱，只看怎樣才能最高效率地贏得對方的關注和照顧。

即使是成年以後，麥卡勒斯也不是所謂的「青春期鄉愁症」患者，事實上，她從未遠離過她的孩童時代，在她脆弱、多病、修修補補的肉體容器裡，始終保持著一雙清新的孩童之眼，以及有時會綻放出邪惡毒焰的孩童之心。她從未遠離過她少年時代的那個夏天，那是一個綠色的、瘋狂的夏天，它來得迅捷又輕悄，樹葉的新綠被浸泡在蟬鳴裡發亮，紫色的藤花謝了，傍晚的昏暗被萬家燈火照亮，鴿群歸家之後，天空分外遼闊與空曠。這個小鎮的孩子汗落如雨，被心裡的煩躁折磨得要發狂。她走遍了每一條黃昏的街道，心裡的花蕾帶著疼痛的表情張開，她等不及要長大，要離開。她趴在小鎮的圖書館裡，能搭救她的只有暗喻離開的詞彙——「紐約」、「摩天樓」、「大雪」、「海水」，還有在別處的生活：契訶夫（Anton Chekhov）、聖彼得堡、雪橇、茶炊、夜霜……這個孩子埋首於這些清涼的詞彙裡，被一場閱讀的大雪覆蓋得異常蒼白。

這個孩子一輩子都凍結在這個臨界狀態上，介於少女和女人之間的那個狀態，她們通常也是她情節的承重者，半夜溜出來買菸的米克、穿男裝玩飛刀的弗蘭淇，她們無所依附、無處投奔、孤獨、絕望、壞情緒、對抗性，摺合成一個青春期的病孩子，她這輩子都糾結在這種離去的情緒之中。南方小鎮的閉塞生活，像一條衰老的運河，裹挾著日常生活的碎片，向前緩緩地流去。她怕自己溺斃其中，霉爛和腐敗，她試圖逃離自己的命運，可是鄉愁每次都和離意同步生出。南方小鎮哥倫布，是她小說中人物的定居地，也是麥卡勒斯本人的情緒儲備源。她總是不斷地離開，再回來，更新她自己的「南方感覺」。

這個孩子甚至還和另外一個孩子結了婚——利夫斯（Reeves McCullers），與其說他是麥卡勒斯的夫君，莫若說是她的玩伴，這是兩個在玩扮家家酒的孩子：初婚的麥卡勒斯很雀躍，和著圓舞曲的節奏跳著舞步去倒垃圾，浸在音樂聲中大聲地誦讀食譜，她甚至用想像力改造了夫君的出身、背景、外形，掩藏缺點，放大誘惑，附在信末。他們一起環遊世界，夜夜笙歌，把威士忌當水喝，嘗試各種與作家身分相配的、實驗性的生活方式……可是她全無一個妻子的責任心，一旦婚姻的新鮮

快感退潮了，她把它排斥在自己的注意力漩渦之外，去找其他的男人或女人，和他或她上床，就像對待厭棄的玩具一樣，一個孩子的全部殘忍也就是這樣了。

這是個臆想世界非常發達的孩子，她不是個誠實的複述者，也不是個勤於動手的操作者，音樂也好，文字也好，婚姻也好，對這個孩子來說，只是可以任她的想像力去塗抹的一面白牆而已。她小時候的玩伴都不喜歡她，因為為她們彈琴時她會突然即興創作，丟開原來的曲目——麥卡勒斯從來都是一個創作者，而不是闡釋或演繹者，她也寫不好小說之外的敘事文字，比如忠實並精確複製現實的新聞報導，撇除誇張、變形與畸態，讓她去貼著事實地平線低飛，她覺得窒息。

她也不喜歡動用直接經驗儲備，像很多孩子一樣，她更親近一個想像中的世界。寫《心是一個孤獨的獵手》（*The Heart Is a Lonely Hunter*）時，她爸爸說：「親愛的，你一個啞巴也不認識呀！」她說：「沒關係，我認識辛格就行了。」甚至她的寫作方法，也是孩子玩拼圖式的，不帶說明書的那類遊戲：沒有預置的情節線、大綱、核心，只是散落的情節碎片、人物速寫。這個孩子就用失神的眼光、僵滯的身姿，浸泡在她孩子氣的想像力裡，等著神降天啟，幫她把零件組合起來。

這個孩子總是誤解自己的熱情，她總是真誠地在偽裝，她對一些事物的感情，其實是基於抽象層面上的，就像很多孩子喜歡卡通片裡的米老鼠，卻會被廁所裡橫行的大老鼠嚇哭一樣。麥卡勒斯的米老鼠就是，諸如政治、黑人、兒童等——她態度激越地反對種族制度，她筆下也有很多政治狂人，可是小時候她一直憤憤於家裡沒有黑人傭僕。她病重的最後 10 年，一直是個黑人女僕在盡心照顧她，可是麥卡勒斯只留給她令人心寒的菲薄遺產，她骨子裡，根本也沒有徹底放棄階級意識。她聲稱她喜歡兒童，當然這也僅限於被想像力淨化處理過的天使，不是現實中流著鼻涕、隨地大小便的那類活物。

然而我為什麼要枯坐在這裡，背對大好春光，敲出這些絮語？我總得對自己有個交代，我想是為了紀念那些疼痛的時刻，當少女米克在一場想像中的大雪中閉上雙眼、任那個男孩進入她的身體時，當弗蘭淇手插褲袋、吹著口哨、浸潤在內心的音樂裡孤身上路時，昏睡在我記憶裡的、那些青春期的慘烈餘韻，被這個孩子鏡子般的直白道破了，啟用了。一個孩子總是深諳動人之術，所謂孩子，就是這樣。

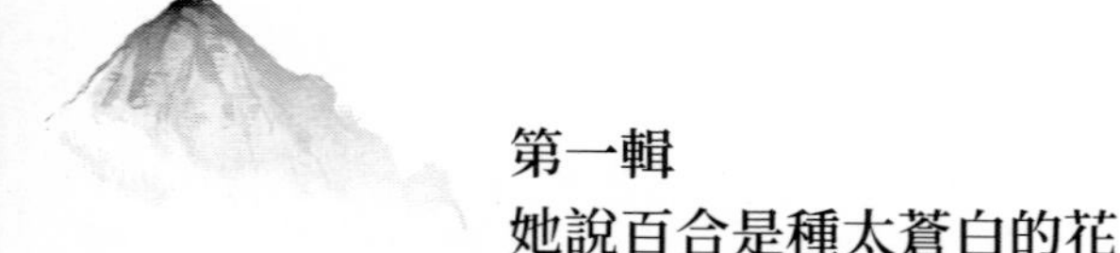

維吉尼亞·吳爾芙（Virginia Woolf）：她說百合是種太蒼白的花

很多年前我就知道維吉尼亞·吳爾芙的存在，就像我知道伊甸園神話的存在一樣 —— 她是一個在不同語境中被反覆引述和重複的名字，她帶著她明淨的額頭、尖刀背似的大鼻子、常常出現在唯美派畫冊裡的那種知性的鵝蛋臉，穿行於一列大不列顛知識分子軍團的信箋裡。那是一群在 20 世紀前 30 年度過了他們成熟期的人，也是埋葬了維多利亞社會又試圖讓它纖細僵化的道德活躍的一代人。達爾文（Charles Darwin）的進化論讓他們失去了相信上帝七天造人的可能性，殘忍的愛因斯坦（Albert Einstein）更在 1905 年丟擲相對論，這下連時間和空間都無法信任了，他們只好轉向去精研自己的內心，對自己用盡心思。他們每天要寫大量的日記，餘時就向另外一些人寫無數的信箋。所以這個叫做布魯姆斯伯里 [001] 團體裡的成員個個都是書信體大師，也就不足為奇了。

做為這個團體的核心成員，吳爾芙被喻作英格蘭百合，這個意象很契合她，最美的百合都開在唯美派畫冊裡、聖母的手邊、聖嬰的笑顏旁。百合本身就是一種精神意味大於肉身美的花，相對於桃花的豔情、牡丹的肉感、玫瑰的甜俗，它簡直是禁慾味道的，吳爾芙本人正是如此精神至上：她醉心於朝拜藝術聖地、收集藝術品，但在生活裡，她一輩

[001] Bloomsbury，當時英國知識分子的一個小團體，用凱因斯（Keynes）的話說，堪稱「菁英的聚會」：「他們以其智性的品格和懷疑的精神，反抗傳統，特立獨行，對當時的英國社會風俗和文化模式都產生了相當影響。」

子都穿著粗布工作服，在冬季沒有取暖裝置的「冰窖」裡工作；她視肉慾為骯髒的動物性，卻苦心蒐集別人對她美貌的口頭稱讚；她擇偶時從不關心對方是否有肉體美，是否有物質背景，甚至性取向如何，卻一定要足以與她的智性匹配；像西蒙．波娃一樣，她背離並且鄙夷上流階層的生活方式，卻從來沒有淡化過骨子裡從屬於這個圈子的菁英意識；5 歲的時候她寫信給姐姐，「謝謝你對我仁慈的耐心」，而姐姐的回信是，「我多麼喜歡你香豌豆色的頭髮」，後來姐姐成為畫家，她卻成了作家，審美角度的歧途，其實在早年就足見端倪。

她很像一臺配置失衡的電腦，思辨力、邏輯力、想像力，凡是智性系列的作業系統配置都很高，而性慾晶片配置卻幾乎為零，她並不是敵視性慾，她是壓根兒就不理解這玩意兒，所以她選擇的多是同性伴侶，只是因為這樣便於操作她無垢的「精神之愛」而已。小時候她同父異母的哥哥把她抱在窗臺上，扒開她的私處迎光看著；長大了他繼續用擁抱、接吻等臨界動作猥褻她。這些曖昧的性侵害史像頻頻發作的病毒一樣，使她本來就已是低配置的性慾晶片幾乎癱瘓，直到 1941 年，她投水自殺，用死亡療法徹底使自己當機。

從 9 歲那年，她就開始頑強地自我教育，她的營養源只是爸爸的書房、與哥哥交談的碎片和倫敦圖書館而已。她不眠不休地寫作、不捨晝夜地閱讀，每寫完一部作品，她就要崩潰一次，在崩潰的間歇，她寫一些輕量級的作品作為放鬆，餘時則寫大量的日記用以觀察自己的下意識。她此生最大的娛樂是寫信，大概有幾千封之多；她參加有限的社交活動，也是為了帶上捕蝶網為她的小說收集人物和情節標本；她交友、戀愛都必須經過文字這個介質，對方必須和她一樣是文字的信仰者——我從未見過一個人，像吳爾芙這樣，終其一生，從各個方向頑強地與文

字發生關係。它們是她的傷口，也是止痛藥；是她的寵物，也將她馴養。就像小王子的狐狸一樣：「你對你的玫瑰所花費的時間，使得這朵玫瑰，對你變得那麼重要。」

可笑的是，這個連自己獨自上街買件衣服都會打哆嗦的神經質女人，居然常常被比喻成狼。她要是匹狼，也只是身著狼皮而已，伏在她貌似強勢的女權攻勢下的勇氣，只是一塊蓄電池，真正的勇氣來自她身後的人 —— 小時候是媽媽，未成年時是姐姐，最後的終身接班人是她的丈夫倫納德（Leonard Sidney Woolf）。這個女人活在文學史上是個奇蹟，真要移植到你家客廳裡，只能是場不折不扣的災難：她會在做飯時把婚戒丟在豬油裡，還會在參加舞會時把襯裙穿反。她的鋒利不過是「舌辣」，而不是「根辣」。而她的丈夫倫納德呢？他曾經在噩夢中把自己的拇指拔脫節了，這種「噩夢中的畜力」在看似優雅的吳爾芙身上一樣有，他們在某些地方是完全對稱的。在吳爾芙還很小、無法熟練使用語言暴力的時候，她就有一種陰鬱的能力，她一旦震怒，她的兄姐們立刻感到周圍氣溫陡降，頭頂飛過一團烏雲，恐懼壓頂。這兩股子畜力，有時是反向的，比如吳爾芙瘋病發作的時候，倫納德就得用自己的畜力去壓制她的；在她無恙的時候，這種畜力轉而成為一種遠景式的呵護，保護著她在生活中的低能。為此他搭上了他的青春、生育權、一根健全的神經。這一切，我想大於一個男人對妻室的愛意，它更是他對她文學天才的保護，對某種絕對事物的信仰，這種純正的反犬儒氣質，才是真正的布魯姆斯伯里精神。

很多藝術家都有自我形象設計癖，並不是他們刻意撒謊，只是他們太熱衷於虛構：比如阿嘉莎．克莉絲蒂（Agatha Christie），她喜歡把自己設計成一個素人作家、以寫作打發閒時的閒婦，但是任何人膽敢質疑她的作品，她立刻像母狼一樣，從窩裡凶悍地撲出去捍衛它們；還有芙烈達·卡蘿（Frida Kahlo），她明明是 1907 年出生，可她在所有的官方履歷表上填的都是 1910 年，那是墨西哥大革命爆發的一年，她覺得這有利於把自己塑造得帶有「革命之女」這種激越鮮亮的背景色，更能映襯她波瀾壯闊的政治思想。與她們的耽於自我的戲劇化不同，吳爾芙的自我調節恰恰是反向的。她在行文時也是一樣，非常淡漠人物的戲劇特徵，卻很關心他們的精神構造。

1917 年，她認識了紐西蘭女作家凱瑟琳·曼斯菲爾（Katherine Beauchamp Mansfield），基於對一種即將出現的新鮮文體 —— 意識流文學的敏感與革新意識，她們彼此投契，又基於同樣的原因，她們彼此嫉恨。在交談甚歡的流沙之下，是吳爾芙比水泥地還結實的頑固勢利眼，她是個超級勢利眼，但卻是一種教養和智性的勢利，並不涉及對方的物質背景，這也是她全部的價值觀，這種勢利眼的證據頻頻出現在她六卷本的日記裡。關於曼斯菲爾，她寫道：「這女人是個商人的女兒，她穿著像妓女，談吐像婊子，身上有體味，像一隻剛剛賣過淫的麝鼠。」

還好，吳爾芙除了有一根多刺和不忠的舌頭、過於精密的頭腦、踩了油門就踩不住剎車的想像力之外，還有尚算健全的自省機制。她像一只冰箱裡的錶，低溫、精密，24 小時不眠不休地自我精確定位，她又在日記裡盤點了自己的靈魂，承認自己嫉妒曼斯菲爾活潑自主、實驗性的生活方式，和比她本人大得多的異性社交半徑。正負加減之後，帳面顯示的結果是中正的：（曼斯菲爾）是一隻可愛的貓科動物，鎮靜、疏遠、獨來獨往。

甚至她的發瘋也是同樣質地的，這種發瘋的可怕之處也正在於此：她是在完全清醒的情況下發瘋，像是一個人隔著霧氣斑駁的玻璃窗，看

著屋子裡的另外一個自我在發瘋，卻無法打破窗子把那個自我救出來。想一想，這個熱愛閱讀的女人，她甚至把不能閱讀都當作她自殺的一個原因，如果她不停地發病，能閱讀的只餘下自己的瘋狂，那會把她帶到一種怎樣的境地？如果她選擇放棄這種智性生活，不再寫和讀，不再做任何刺激智性的事，醫生說她可以不再發瘋，但是她說「不能寫，毋寧死」。誰說放棄生命不是一種愛的方向？選擇與卑賤的形而下生活苟且求和，是一種勇氣，放棄也是，這才是布魯姆斯伯里精神的驕傲、絕塵處。

在那部叫做《時時刻刻》（*The Hours*）的電影裡，吳爾芙一邊走上樓梯，一邊說：「I may have a first sentence.」這第一句話就是，戴洛維夫人說：「我要自己去買花。」自己去，不受他人干涉，她去了花店，她說，百合太蒼白了，她不要。吳爾芙，這朵英格蘭百合，亦被她自己放棄了：「親愛的倫納德，要直面人生，永遠直面人生，了解它的真諦，永遠了解，愛它的本質，然後，放棄它。——吳爾芙。」至此，她已經有過兩次自殺的經驗，她熟練地蹚過淺水，走向河中心，邊走邊把一塊大石頭塞進口袋裡。我闔上眼，耳邊是電影裡的音樂，它簡單地重複，平直地來去，並不太洶湧，像時間，回復往返。

張愛玲：惆悵舊衣如夢

20歲開始，她就在她的文字裡，穿著大人衣服、化著成人妝，佻達而行。她的文字，拉長著一張怨婦臉，比她本人的臉、比她的戀愛經驗，都蒼老得多。她並不與她的文字平行，也正是因為不平行，老來她才寫了《同學少年都不賤》，裡面有很多她在女校生活的痕跡，這些陳年的破碎光影，帶著水紋之下的微微錯位，是含在回憶這條大河裡、被吞吐著的水影：溫潤、低迴、恍兮惚兮，半明半暗。有了這塊遺失在角落裡的拼圖，才讓她的一生有了完整的成長線索。

老掉的記憶，連轉角都是圓潤的，裡面有一個敏而寡言的少女，愛慕著另外一個運動健將，自然後者也是女的。她在廁所裡，遠遠地看著那個她來了，聲色不驚地避讓了，然後挑選她坐過的馬桶，也不管髒不髒，就著那餘溫坐下去，這個枝節的溫情，大過整部《張愛玲全集》。慢著，我們幾乎要忘了張愛玲也是有青春期的，當然她有，只不過別人的青春期都是綠葉青枝，她卻是慘紅少女。那是繼母淘汰的一件舊紅棉旗袍，凍瘡的腫紅色，她一冬又一冬地穿著，凍瘡後來是好了，心底還留著凍瘡的疤。女校的學生大多家世出眾，更何況女孩子之間隱約匍匐的攀比風氣，她又是那樣心細如針尖，一點小小的起落對她而言都是驚濤駭浪。她沒有先天的眉目綺麗，沒有後天的華服配置，紅花綠葉的鏗鏘鬥豔中，她只有選擇沉默，正如她後來對這段不愉快的記憶保持沉默一樣。

第一輯
惆悵舊衣如夢

一直到後來見到了他，她才有了與她年紀平行的意氣風發，「風柔日薄春猶早，夾衫乍著心情好」，她的柔風，她的早春，都源於這個男人眼裡的溫情。只要他坐在那裡，漫山遍野都是春天，她的冬眠期就結束了。她想，那件凍瘡色的舊衣，代表她醜小鴨時代全部自卑感的舊衣，可以徹底在她的生命裡隱去了吧。他就是她的夾衫，柔軟、貼身、輕巧，卸了冬衣的沉重，整個人輕快得好像要飛起來一樣。然而也正是春衫輕薄的質地，命定它不足以禦寒，他和她的緣分，只是一件春衫而已。然而也顧不得這麼多了，來日大難，那是來日的事，今日想見，亦當喜樂。人生最快樂的，不就是撒手的這一剎那嗎？他是她的春衫，她則是他的一襲織錦浴袍，華美、奢侈、精緻，卻不是家常的物事。果然，大難來了，他不要她了 —— 你怎麼能奢求一襲春衫陪你過冬呢？

她是個寫小說的人，慣於預設結局，她可以干涉小說裡的情節走向，「上帝說有了光，就有了光」，這是小說家的權力。可是這次，她做不了自己的神了，但她至少可以袖手等待那滾熱的、致命的一擊。她把傾斜的自己潑出去的一部分，一點點收回來，也許，揮劍的功用，可以讓斷裂的部分從此與眾不同吧。她遠遠地看著，像冬日一抹淡白的陽光，明晰、冷淡，卻沒有能力干涉這一切：亂世，敗局，驟然降溫的人與事。她不哭，不鬧，也不多話，落幕的一刻是頂頂肅穆、需要敬意的一刻。噓！不要驚擾了回憶，這一絲絲溫柔的纖維，是要咀嚼一輩子的，是要捧在水晶花瓶裡供著的 —— 這是她最初和最後的愛。

那件凍瘡色的舊衣，並沒有在她的生命裡徹底隱去，老來她又把它翻出來，也是在那本叫做《同學少年都不賤》的書裡，還是那個叫趙珏的女人，她像張愛玲一樣去國離鄉，晚年潦倒，懶得置辦晚禮服，隨手扯上幾尺碧紗料子，粗針大線地一縫，就披掛上陣接見外賓了。冬衣亦是陳年的，把釦子往裡縫一下，改成斜襟，腰身變小，就這麼重新把自己和冬天一起打發了。男人多看她一眼，就心頭一緊，想著是不是穿舊衣被識破了？自卑感的舊瘡疤還在，只是欲振乏力，過去是財力，現在是心力。置衣情緒的疲勞，是一個女人徹底放棄的象徵，寫書的那個女人，張愛玲，亦是如此的疲沓相：才情的支架還在，可是文氣已洩，很多漂亮的小細節，隨手就扔那裡了，根本就沒有心力去經營，要是依著她從前的任性，還不知道要鋪張陳設成什麼樣。我還記得最初看她的小說，真像是元春省親，隨手掐枝的都是華美的細節，看得人心裡只默嘆奢華太過：這樣的才滿而溢，一路拔高上去，到時要怎麼收場呢？

「天上星河轉，人間簾幕垂。」這次是一個900年前的女人在失眠。這個女人，國破了，家亡了，她每每藉著一點酒意才能睡去，這點昏昏的睡意，卻又脆薄如紙，夜來初涼的枕簟是孤枕，抵抗不了四下伏著的沉沉秋意，被凍醒後，她起身翻箱子找禦涼的衣服，燭光搖影，窗外有零落的蟬鳴，她找出一件舊衣胡亂披上，對著竹簾篩出的滿地碎影發呆。她冷，她抱緊自己，除了自己，她什麼都沒有。便是這一點呵手的暖氣，也是她自己的。這是個亂世，她找不到無邊荒涼裡的小歡喜，她想哭。前塵是一場紛紛搖落的舊雨，怎麼下也下不完，天就怎麼也亮不了，我每次看這首〈南歌子〉，心裡都是不見天日的混沌。

小歡喜……這件舊羅裙一如她的身體，亦有過豐美的華年，羅裙上繡著的，曾經是連綿的蓮蓬和藕葉，藕葉的金是織金，蓮蓬的翠是翠茸。南宋文獻記載，邕洲右江地區，出產一種翠鳥，取其背羽織線為翠茸。翠茸在不同的光線效果下會顯現不同的色彩，忽而紅豔，忽而綠暗，好像是「暗紅塵霎時雪亮，熱春光一陣冰涼」，這麼想著，便是連這件衣服也帶著炎涼的意思了。她摸摸上面已經被磨平、洗褪色的蓮蓬，

藕葉還有荷花，它們也是她在詞裡寵愛的意象，荷葉田田，荷花亭亭，她想，多麼像女人盛年時的身體，豐盈的肩與臀，起伏出暖紅的色情。

她有過肆意的少女時代，官宦人家的小姐，錦衣玉食地被寵溺著，閒時和姐妹去後花園盪鞦韆，「蹴罷鞦韆⋯⋯薄汗輕衣透」，溼的是這件舊衣嗎？羅裙漸漸地被體溫暖了，丈夫死後，她終日慵懶於梳洗，更沒有置過新衣，這件南下逃難時帶來的舊衣，也早已「翠貼蓮蓬小，金銷藕葉稀」了，丈夫早亡，長年寡居，至於國⋯⋯國早已不國，這麼嬌媚的衣服禁不起亂世的揉搓，等李清照翻出這件舊衣的時候，南宋小王朝已經偏安杭州，她本人亦流寓金華。出產翠鳥的右江，早已成為當局無心也無力收拾的舊山河，千里江山，別時容易見時難，即使見了又如何？蓮子已成荷葉老，她憔悴了，她羅裙上的花兒憔悴了，她的詞句也憔悴了，紅底飛金的錦繡華年，早就隨頹勢「翠小，金銷」了。一個女人的老去，一個王朝的衰落，一個意象的敗局，已被一件華服的凋敗道盡。

現在，是一個活在現時的女人，她像貓一樣警覺而輕盈地出沒於人群之中，她所有的衣服都是安全色系，以不引人注目為要旨。在 2005 年最後一個可以晒衣的好日子裡，她站在陽臺上收衣服，她打開窗戶，收回竹竿，想著馬上就要是穿冬衣的日子，連舉臂的動作也立刻沉滯起來，心裡更是無端地煩躁，又想起那些曾經在紙上與她對坐晤談的、清詞麗句裡旖旎而過的女人，她們的冬衣、輕愁與幽怨。她想著想著，手裡的動作便慢下來，她把衣服摺好，收起來，放進衣櫥深處，想著保持好身材，來年好不辜負了這些舊衣。她還想了很多很多，而她能做的只有在例行而來的一個人的長夜裡，聽著雪霰敲窗的啪嗒聲，對著大雪紛飛的天幕，默默地把它寫下。

曾經愛過的瑪格麗特·莒哈絲（Marguerite Duras）

一年之內，這是我第三次談起這個女人，每次的視角都在轉動，其中當然混合著我自己的成長。事實上，如果一個人能夠糅合進你的成長，那你就很難對她有個固定的態度。讓我想一想，我第一次見到她是什麼時候？應該是十三、四歲吧。逃學的午後，冬天，微雨，空氣中充斥著溼答答的雨鞋氣味、書店裡騎馬釘的鐵鏽味，只記得雨中一切都很安靜，行人穿越馬路的身姿都嚴肅許多，我懷抱著那套書，心裡充滿了安全感。很多年後，索爾·貝婁（Saul Bellow）在書裡幫我析出了這種情緒流的邏輯：「看見書架上的新書，就好像看見某種充實生活的保證。」我心想，是了，這就是了。那是作家出版社的一套作家參考叢書，有米蘭·昆德拉（Milan Kundera）等人，還有她，莒哈絲。記得那本書是人民幣六塊六毛五分錢，那是一個價格有耐心精確到「分」的時代，我想，莒哈絲其實與那個時代倒還合轍，這真不是可以被速讀的女人。

那本書叫《情人》（*L'Amant*），後來被借丟了，但心裡一直惦念著，封面是黃綠色的 —— 剛醃的雪裡蕻，未煮開的第一澆中藥，秋日最後一茬割過的衰草，就是那個顏色。攤在我的手裡……什麼是幸福？就是掌握一本比 16 開略小、200 頁左右的書時，那種真理在握的踏實手感。我一直覺得幸福是實感，而且是低階感覺，按豐子愷老先生的歸類法，凡與肉身直接接觸的均為低階感覺。我的幸福是：黃昏歸家時的飯菜香、嬰孩抱在懷裡的重量、一線似有似無的乳香、熟悉的菸味混合熟悉的肉

體、撫摸一本舊書的手感 —— 結論就是我的幸福比較低階。

心裡就這麼為她留白著，像為浪子等一扇回家的門，我知道它一定會回來，你說我盲信也可以，反正所有的痴情說到底，也就是心有不甘而已。當你一切在握後，所謂忠貞也不過是徹底的疲勞感嵌著怯怯的道德自律。然而我對她到底是有一點真心的 —— 莒哈絲熱興起的那幾年，別轉頭去；在每一個提及她的聲音面前，別轉頭去；在南大的許鈞教授組織出版莒哈絲文集的時候，別轉頭去。水深靜流，不動聲色地等待，等待所有人都路過以後，等這個名字慢慢降溫以後，等待她最終屬於我一個人的時候。直到前年，我去南京圖書館找一本關於司法解釋的書，也是別轉頭去，卻在塵封的小角落裡的一堆書裡，又看見那本書，那時的感覺是，驀然回首。

晚上盥洗乾淨了，手指甲也剪過了，還在那裡磨蹭著，惆悵舊歡如夢不難，舊歡新交倒比較困難，再去讀的時候，記憶中的字句就跑到眼睛前面去了：「你被押解出境已經月餘，但我一直感覺你就在我身邊，面朝著壁爐，面朝著電話機，右邊是客廳的過道，你坐在那裡，菸頭的紅光明明滅滅，我無法克服你的在場感，我常常失聲叫出你的名字。你沒有理由不回來，盟軍終於越過了萊茵河、阿爾薩斯、洛林、阿夫朗什。防線終於被摧毀。德軍終於撤退。感謝主，我終於活到戰爭結束。」

我閉上眼睛，阿爾薩斯、洛林、阿夫朗什……感謝主，這麼多年，記憶像水洗一樣，所有的字句還是一樣地歷歷在目，色澤如新。天哪！我想這就是所謂忠貞。「你此去經年，我心內成灰」，如果哪天我的那本《情人》輾轉到你手上，在這頁的頁尾上，你可以看到我少年強識愁滋味的這句注腳。少女時代就讀過莒哈絲的人，這一生怎麼可能再有波瀾壯闊的愛情呢？所有的常規峰值在她面前都微不足道，這些間接經驗的累積、過度發達的觸媒、對愛情的臆想，是她頭頂張開的一把傘，它隔絕了新鮮的光影與色彩，她只能活在它的蔭庇之中，體驗第二輪的激情。愛的代價是什麼？這就是。

《痛苦》（*La Douleur*）是莒哈絲的戰時日記，當時她的丈夫被關押在德軍集中營裡，她和她的情人，一起等待著他的歸來。幾乎是在百分之一的機率裡，她的丈夫獲救了，180 公分的人，體重只剩下 80 多斤，骨頭嶙峋突起，肘部幾乎成了銳角，這個銳角眼見到要刺破皮膚；整夜的噩夢、流汗、輾轉、哭泣……這一切 —— 一個人復活的顯微紀錄，也是另外一個人崩潰的病理切片，更是一段愛情被消耗完的帳單，都被一雙忠實的眼睛複製成文字，廣為傳播，包括進食初期，排泄物的顏色，莒哈絲寫道，「是微綠的，不相信人居然能排出這樣顏色的糞便」。當他徹底醒後，他說「誰再和我說起上帝，我就呸他」，而她則說「我愛過你，可是我現在不能再和你生活在一起」。同年她生下一個男嬰，這個孩子在倫理上叫讓．昂泰爾姆（Jean Antelme），在生理上叫讓．馬斯科洛（Jean Mascolo），前者是莒哈絲丈夫的姓，後者則是因為她的情人 —— 她是無比忠實於自己的女人，愛情自有其生命週期，會死掉才是它活過的唯一證據。而她的選擇是，放棄這個屍體，換個山頭，尋找新的峰值，而不願意讓它苟存於婚姻的掩飾下。她像孩子一樣任性，像她的作品一樣堅強。她跋涉在漫長的豔史中，不斷走向新的身體，破壞欲如同一種思想牢牢地扎根在她的慾望重心，而快樂只是接近這個重心，卻永遠無法抵達。做完愛後，她翻身說：「結束了。」最重要的是，她是宣布終結的那個人。

她的聰明不外乎是常識和本能 —— 肉體先於一切存在。更進一步說，人類一切念頭都只是從黏糊糊、軟綿綿的肉中生發出來的，輕視肉

體的傾向是十足幼稚的。所以尼采（Friedrich Wilhelm Nietzsche）才會說：「你肉體裡的理智多於你的最高智慧中的理智。」她的本能總是比她更清楚她需要什麼，但問題是：節約亦是必須的，短暫的歡樂是容易的，但持久的、高強度的、有品質的生活，必須小心經營才能夠獲得 —— 人們必須小心不能饕餮，那將使味覺退化……活下去，在平淡乏味的一天又一天裡，保持著對生命的強烈渴求與熱情，才是真正考驗人的事情。而她，真的像孩子一樣任性地縱慾，從不考慮愛能被耗盡的一日。所以，在她晚年支離破碎的臉上，我們看到的是慾望透支後留下的廢墟。

這是個線形的女人。另外一些女人，比如莎崗（Françoise Sagan），則是橫向的。我看莒哈絲的天賦不及莎崗，但是莎崗卻始終無法突破她最初的格局，她的天才最後成了她終身制的行李箱，時而滿載，時而空洞，全看她多大程度地在利用這個容器。而莒哈絲，看她最早的作品《厚顏無恥的人》（*Les Impudents*），一開局四個主角就無層次地奔湧出場，形勢混亂之極，任莒哈絲的一股子蠻力，也無法把他們調停到位。再看她後來寫《琴聲如訴》（*Moderato cantabile*）時的節奏和控制力，就能看出這個人是如何吸收了外界的光和熱，艱難地成長。

一般人以為寫《情人》的莒哈絲大膽冶豔，其實想想，多少過氣影星為了力保江湖地位，高齡之下以走樣身材出演裸片，與她們比就覺得莒哈絲這只是個微弱的小手勢，她最大膽的其實是突破了血親的界限，把親情混在男女之情、肉體之情裡去寫。莒哈絲寫的親情少有同向，幾乎都是對位的，比如母對子，父對女。看《琴聲如訴》（*Moderato cantabile*）、《安德馬斯先生的下午》（*L'Après-midi de Monsieur Andesmas*），前者是寫母子，母親對孩子貼心貼肺貼肉的愛 —— 除非大膽或誠實如托爾斯泰，才敢在《安娜·卡列尼娜》（*Anna Karenina*）裡寫安娜重重撫摩兒子的肉感鏡頭，莒哈絲筆下的媽媽卻是為這種臨界的愛，心虛著，戰慄著，背過臉去；後者是寫父女，昂代斯瑪先生睡著他長長的、怎麼也睡不完的午覺，實際上他是在假寐，他心醉於女兒在長廊上赤腳跳舞的嗒嗒聲，「他聽得清清楚楚，每次他都覺得他的心在狂跳，每次他都覺得目眩神迷，心跳得快要死過去」。青春的強大的誘惑力，像橋下陰影中的河水一樣擁有祕不告人的慾望，在橋上走過的女兒卻一無所知，就像《心是孤獨的獵手》（*The Heart Is a Lonely Hunter*）裡，那個咖啡館老闆對米克祕密的蘿莉塔情結一樣，它浮出水面，在日光之下的形態卻是仇恨。莒哈絲不肯定，也不否定，事實上，她所有的作品根本也不是寫愛情，只是在探討愛的可能性。

她晚年的書，幾乎是謀殺、雙重的，先殺完自己的閒時，再殺別人的。在她積極建設了一輩子的愛的可能性上，破壞著，謀殺著。在《愛米莉．L》（*Emily L.*）裡，她把減法做到了極致，愛米莉．L 眼中的愛情只剩下了「前方的一片空白地帶，可以愛，可以不愛」。在紀錄片裡，她披著那件巫婆式的「莒哈絲」坎肩喃喃自語，她生得嬌小，坐在圈椅裡像深草叢裡的一隻孤獨的鷺鷥。每一句話一經說出，也像一隻孤獨的鳥一樣，直飛上天，陰翳的話語像翅膀一樣掠過，這隻鳥有體溫嗎？被牠的翅膀擦過的人都不能肯定。她譏笑所有在日光下結結實實生活的人；而她自己呢，就整日龜縮在黑暗的殼中，伴隨著酒精的致幻效果，自說自話。

這是一個何其專制的女人，她和那個年齡不及她一半的男孩在一起生活了 16 年，不知道他愛吃什麼菜，因為她從來沒有把菜單遞給過他一次。16 年啊，這是怎樣的強權與獨尊？死之前她已經不能說話，卻掙扎著遞給他一張紙條，上面寫著「我愛你」。然而成就莒哈絲的，也正是這

種混合氣質：暴力與柔情，專制與寵溺。她沒有也不需要交流的通道，因此她無可救藥的孤獨感，以及無法痊癒的絕望，就沒有被稀釋和沖淡的機會，也就繼續時不時地發作，繼而滋養著她遺世獨立的、像她一樣孤獨的作品 —— 看看那些微觀情緒波動被放大的倍數，就知道一個人可以寂寞到什麼程度。莒哈絲其實採用了非常不健康的一種寫法，她比麥卡勒斯的神經質走得更遠，麥卡勒斯還算是一種直覺寫作，只是把心裡的水紋描摹下來而已。莒哈絲卻近乎一種自殘，曼涅托說，「她是以傷害自己的一部分，去滋養另外一部分」，深以為是。

芙烈達·卡蘿（Frida Kahlo）：薔薇刑

一直以來，我都想說說這個女人，卻沒有足夠的安全感支撐我前行，我所說的安全感是指：你抵達某件事情的真相，然後滯留在那裡。很多人把她寫成「傷花怒放」，或是「如鐵紅顏」，但是這兩個詞，在我看來，都太單向了，不足以涵蓋她。她是個被痛苦翻耕過的女人，因而層次豐富，雜質紛紜，即便我愛著她，我也無法忽視她的雜質：她極度自戀，兼有自虐傾向，酗酒，菸不離手，會用好幾國語言罵髒話。

一般畫評家都把她歸為超現實畫派，這個畫派的大多數作品我都不喜歡。我常常被這些畫中盤旋的那些大大小小的假敘事、那些附著了太多意義和語境的象徵物弄得審美疲勞。這些畫作有太濃的虛構味道和思考的苦味，而我看畫的時候總是習慣性地想找一個支撐物。在芙烈達·卡蘿的畫中我倒是找到了這個支撐物，就是她的臉。她自戀，在自己的屋子裡懸掛了大大小小的鏡子，攬鏡自照；她畫了 20 多年的自畫像，這些自畫像基本可以視為一部視覺自傳，她將她的生活留給自己，也告訴別人。

成年以後她畫過一幅畫叫做《我的出生》（*My Birth*），說實話我沒有看過如此滿溢著屍味的出生，產床上的母親奮力地拱起雙腿，嬰兒在血光中衝出產道，可是那母親的上半身卻蓋著屍布，儼然氣絕。芙烈達的大多數畫作都是喧譁熱鬧的、熱帶植物色系的歌劇，這幅畫卻是散場

的死寂。事實上，她確實是在母愛缺席的冷寂中長大。母親生下她之後由於身體的緣故，不能恪盡母職，哺乳、餵養、照顧等工作都是由一個奶媽代勞的，母親對芙烈達而言不過是個活在雲端上的遠距離女人。

6 歲時她染了腿疾，活動力受限，這使她的想像力反向地發達起來，她成了一個有臆想氣質的女孩。久臥病榻，沒有玩伴，她就趁家人不在的時候，對著玻璃哈一口氣，然後引那個虛擬的朋友進來。事後她用手塗掉了那個門，跑到院子裡的雪松樹下大哭了一場，因為「驚奇於得到如此之大的幸福」。病癒後她回到學校，卻遭到同學們的敵視和排斥。是因為自尊心受挫之後的代償心理吧，我想 —— 她開始有異常旺盛的表現欲，終其一生，她都致力於引人注目。

14 歲的時候她上了預科學校，她的雙性氣質開始萌芽：她穿男裝，留男孩的髮型，揹著男式大書包，裡面裝著蝴蝶和植物標本。直到有一天她遇見了迪亞哥 · 里維拉（Diego Rivera） —— 那就好像是什麼人失手撞開了天亮的開關，她的女性心理一下被照亮。她躲在暗處看他畫畫，偷走他的午餐，在他經過的路上灑肥皂水 —— 她試圖用充滿孩子氣的惡作劇引起他的注意。她的最高理想由「做一個醫生」修正為「為這個醜胖子生個孩子」。

18 歲時她遭遇一場致命的車禍，她幾乎被輾成了碎片 —— 脊椎、鎖骨、骨盆全斷了。一根鋼管刺穿了她的盆腔，在餘生的 29 年裡，她先後做過 30 多次補救手術，並因此終生喪失生育能力。久臥病榻，為打發時日，她開始畫她的第一幅自畫像。那幅畫像是酒紅色調的，接近邊緣的紅，再走過一點就是深淵的黑，畫面掠過一點暗金質的光，連帶著畫中人物的絕望感也變成暗金質地的，在絕處又滋生出一些希望的微光。這幅自畫像讓我想起細江英公為三島由紀夫拍的那張拈花微笑的照片，三島長著那麼一副有暴力傾向的臉孔，而他玩於掌中的那朵薔薇花又是開到盡頭的、非常疲倦的花瓣。兩者間的質感對比，讓這張照片有一種悍然的痛感。三島後來將這幅照片命名為《薔薇刑》（*Ba Ra Kei: Ordeal by Roses*），這個名字我想是暗喻著美的蒙難、美的不可抵達與無法信任。芙烈達的自畫像和三島的照片，對我而言，是一種共通的審美經驗。

21 歲時她重遇里維拉，兩人的戀情迅速升溫。22 歲，芙烈達借了家中印第安女僕的一件背心，罩在她的西班牙洋裝上，嫁給了這個年齡是她的兩倍而體重是她三倍的男人。這個男人結過兩次婚，有三個孩子，是當時墨西哥最負盛名的畫家。她是他生命中的一個華美的細節；而他，幾乎涵蓋了她生命的全部。這種不均衡處處可見：他站在鷹架上畫長達 100 多公尺的巨幅壁畫，取材廣泛，從古阿茲特克文明史畫到近代的墨西哥獨立革命；她把畫架懸在胸前，用幼細的貂毛筆，畫了 20 年的自畫像，畫幅通常不超過 1 公尺。但是他的風格還是滲透到她的畫風中去了，她也開始用充滿木質感的線條，大面積的、帶有民間風格的原色。

作為新婦的那個芙烈達是我最喜歡的。她放下畫筆，頭上包著農婦的頭巾，用整個上午的時間採買洗擇，備了午飯，然後放在籃子裡，上面蓋著繡花手絹，手絹上繡著「我愛你」，用繩子吊上去給在鷹架上工作的里維拉。就像畫畫一樣，她在生活中的視角也如此之窄，窄到只剩下他，她按他的喜好，扔掉了那些男裝，改穿墨西哥農婦穿的色彩繽紛的大裙子 —— 就像用性事示愛一樣，服裝其實也可以被視作樸素的身體語言。

新婚伊始，他就開始發生接連不斷的外遇，他認為所謂婚姻忠實都是布爾喬亞的惡習，他一直說自己對性和外遇的態度「就像尿尿一樣隨意」，對他來說，唯一一種可行的忠實就是絕對忠於自我。他就像那個剪

刀手愛德華（Edward Scissorhands），無法正常地示愛，她痛心疾首，又重拾畫筆，把他畫進了她的自畫像。在畫中，他線條臃腫的臉靜滯在她的腦海中，他是她玫瑰色的傷口，她用這些畫為自己療傷，直到它們結成大大小小的玫瑰疤。

25 歲那年，她第三次流產，自此，她的畫中不斷出現關於生育的意象，她畫了懷孕的裸女，紫羅蘭般的子宮，子宮裡是個小小的里維拉，她在臥室裡放著在甲醛中浸泡的胎兒，還有大大小小的玩偶，她反覆地畫那個流掉的、不成形的胎兒。30 歲那年，她畫了那幅〈我和我的玩偶〉（*Me and My Doll*），那玩偶的臉上是一種機械化的笑，而畫中女人卻眼望前方，眼睛裡有疲倦的絕望。她在日記裡寫：「孩子是明天，而我卻終於此。」我在她的畫中，看到越來越濃重的荒蕪感 —— 生之荒蕪。

他們的家是兩幢彼此獨立的紅房子和藍房子，中間由一座天橋相連，隱喻了他們之間那種獨立和相對的奇怪關係，有報導稱這是主觀與客觀的相互關係存在於男人與女人的住房之間。此後的兩年，芙烈達「被生活謀殺」，里維拉與芙烈達的妹妹發生了曖昧關係，這件事將芙烈達從可愛的妻子變成了更加複雜的女人，芙烈達的痛苦難以名狀，畫下了〈一些小刺痛〉（*A Few Small Nips*）。她搬了出來，這是許多分居中的第一次。她想盡量忘記此事，但 3 年後的〈一道開裂的傷口的記憶〉（*Remembrance of the Open Wound*）還能看出那種延續的影響。

在所有的自畫像中，她都是杏眼圓睜、目光灼灼地直視前方 —— 除了 33 歲時畫的那幅〈夢〉（*The Dream*）。在那幅叫做〈夢〉的畫裡，她睡了，但那是怎樣稀薄的睡眠啊！肉身睡去了，疼痛卻還醒著，它們醒在她扭曲的睡姿裡、醒在她起伏的頭髮上、醒在她枕頭上那些因輾轉而生的摺痕裡。就在那一年，她結束在巴黎的畫展回到墨西哥時，里維拉已經和一個好萊塢明星打得火熱，他提出和她離婚。或許是為了平衡痛苦並且重拾自信，芙烈達開始在兩性戀情間漫長的征服與被征服的道路上徜徉，她被迫學會了獨立自主。33 歲那年，兩人離婚。然而僅僅一年後，這對彼此依然深愛對方的夫妻再度復合，芙烈達說：「我們是飢餓與食慾的結合。」

她開始自棄地為自己變臉，剪掉里維拉最愛的長髮，她為了取悅於他，每天花很多時間去打理頭髮（〈剪短髮的自畫像〉〔*Self-Portrait with Cropped Hair*〕），在畫裡，她含著淚手執利剪，滿地都是猙獰的碎髮，就像是無數被剪斷的神經末梢，甚可怖。當她在病中聞知里維拉另尋新歡時，她撕裂了自己剛做完脊椎手術的傷口，以至於第二天醫生替她打針，居然在她的背上找不到一塊完整的皮肉。她的自虐，說穿了就是想用不健康的負疚感去控制那個男人，從里維拉的角度來說，也許他覺得她是在用自己的犧牲勒索他的感情。可是我在她的暴烈中認出了我自己，我想我是無望遇見我的里維拉了，因此我體內的火山可以終生處於安全的休眠狀態。

臨終的時候，她叫別人把她那張四柱床從臥室的角落搬到過道上，她說她想再看一眼她的花草樹木，在這一視角她還可以看到里維拉養的鴿子。當夏雨驟降，她就長時間地觀察樹葉上跳動的光影，風中搖晃的枝條，雨珠敲打屋簷，順簷而下……她死在半個月後。芙烈達 47 歲時逝世，度過了短暫而又激烈的一生後，她的最後遺言是：「我希望死是令人愉快的，而我希望永不再來。」——她終於可以在死亡中獲得平靜。

親愛的萊辛（Doris Lessing）

萊辛老奶奶終於獲獎了！七月在成都的時候，我告訴安然我很偏愛這個人，而安公子說她不開闊，不能和奈波爾（V. S. Naipaul）的廣度類比。其實，我倒覺得她的問題，是太早加入了英國籍，失去了異域優勢。不過我倒是蠻高興的，潔塵說她喜歡一個比利時女作家，問了下閨密，發現人家都對這個人不太敏感。大喜，這種心態就像……女孩不喜歡和別人撞衫。我也是一樣，比較樂意保留一、兩個私房作家，自己收在貼己小抽屜裡的。現在她獲獎了，為她高興的同時，也失掉了那種捂著藏著的私有快感……我把萊辛那個小組給退了。

萊辛與柯慈（J. M. Coetzee）一樣出自南非這片英殖民地，但她是英國血統，屬於母國邊緣的原住民，而柯慈卻是荷蘭後裔的第二代移民，對母國更加疏遠，是被放逐的遺世獨立。我個人的淺見：殖民地作家和本土作家相比，語言風格往往比較清簡，視角是那種旁觀的抽離，注意力廣度比較大，萊辛關心社會、政治問題，對人的問題尤其關心。她作品中的主題包括殖民主義、種族歧視、女性主義、政治、戰爭、社會福利、醫療、教育、藝術、成長過程、精神分裂、瘋狂、夢、宗教神祕思想等。她曾熱心研究馬克思主義，研習伊斯蘭教蘇非（Sufi）教義，親身經歷榮格（Jung）的心理治療，甚至親嘗數日不眠不食陷入狂亂的滋味。

我私下以為：對於女作家而言，力度是比技巧更為難得的東西，所以也可以說，她對我的吸引是一種異質的吸引。她是這樣一個作家：文字結實、有力、舉重若輕，她是儉省到幾乎不用形容詞，直奔下文，從不在細節上糾纏，用日常化的語言推進日常化的邏輯，僅此而已。有時候我覺得她簡直是一架食無不化、攻無不克的敘事機器，什麼有意思的、沒意思的事她都可以拿來寫，而且可以把它寫得好看。

《一個男人和兩個女人的故事》（*A Man and Two Women*），這是萊辛書中我較中意的一本。我看的好像是臺灣的譯本，裡面收的小說，從各個角度探討了「自由女性」這個萊辛很感興趣的命題。印象較深的是〈吾友茱蒂絲〉，看了這篇，就知道萊辛對女人獨立的一些理解。它根本不是一種堅硬的兩性對抗，而是，「我懶得對你施力」。茱蒂絲很漂亮，她的朋友送了條裙子給她，一穿，很悅目，很出彩。她馬上把它給脫了，換了自己灰暗破舊的舊袍子，把自己的好身材遮掩住。比起那種花數個小時穿衣打扮、以期奪目的女人，她才是真正的自我主義者。我約莫能明白她的想法：女人穿漂亮衣服，不外乎是悅人和自寵，我誰都懶得悅，怎麼舒服我怎麼來。埋沒在人群裡，沒人注視我，失去一切外界評價的座標，那更好了，方便我無痕地閱歷大千世界。

她有一個男朋友，他根本也不關心她，把她理解得很膚淺，當作小甜點，還喊她「茱茱」。她也懶得向他詮釋自己，互相陪伴而已，大家各自保留乾爽的私人地帶好了。他說要離婚去娶她，她說，「不用了，他和太太生活得很好呀，我也比較喜歡一個人在自己床上醒來」。她去義大利度假，很為那種農業社會式的親緣所動，想嫁當地的一個理髮師，未果，因為對方把一隻痛苦的病貓摔死了。「不是他做得不對，而是我沒有辦法那樣直接地去處理什麼。」真的，她自己也殺過一隻貓，因為不願意把牠閹掉。她哭了很久。她是知識女性，學的是詩歌和生物，沒有煙火氣的專業，思路是被文明改造過的，她沒法不附加任何思考，而只是

直覺性地做什麼了。家庭生活，就像那件別人給她的漂亮衣服，外人看著很適體，可她穿著覺得不自在。她才不會為了成全你的順眼，犧牲她的自在呢。她的選擇是，脫掉它。

我想起陳丹燕筆下，有個女人叫克里斯蒂，她自小和父母疏離，很沒有安全感地長大，大學時正逢1960年代的學生運動，就上了托斯卡納山，自耕自食，過樸素的農牧生活。後來，她嫁了當地的一個農民，也過得很適意，因為她在親人的環繞中，求安得安了。我在想，這也是「自由女性」的一種。她和茱蒂絲，其實是同根的。她們總是想多看點沿途風景，多經歷一點人生的加減乘除。她們都很清楚自己要什麼，能付出什麼，都能做好這個收支。不負人，也不負己。最後，一個獨身，一個家居，卻都是忠於自己的。這樣就好了。

還有一篇是〈福特斯球太太〉，故事的背景是這樣：在一條破敗的石子街上，有個三層的小樓，第一層是酒鋪，第二層住著店老闆夫婦和他們的一子一女，是姐弟倆，第三層住著福特斯球太太，一個暮年潦倒的暗娼，「以色事人者」。到了夏天，酒精的氣味就氤氳地蒸上來，燻得大家意識模糊，姐姐長大了，先行步入了成年世界，弟弟生性敏感內向，只好在假想中渾噩度日，希望以此克制對姐姐的愛，混合著肉慾的那種愛。他跟蹤她，看著她以一個他所不熟悉的成年女性的姿態去接近男人，過社交生活，他嫉妒得發狂。無意中他遇見了因為淡季生意不好沒有接到客的福特斯球太太，他尾隨她，並向她發出了性暗示，她稍稍抵擋了一下就順勢引他進了她粉紅色的房間，輕車熟路地挑逗他，他被她的老、醜及無恥激怒了，強忍著噁心感對她施了暴。

在我看來事情是這樣的，姐弟倆自小共處一室，彼此一起長大，事實上已經結成了一個生命共同體：他們一起去找朋友、逛街、看電影、去動物園，他們的體驗是同步的。然後有一天，姐姐突然性意識覺醒了，毫無徵兆地跨過了那條日與夜的界線，新生了，變成了一個用成人的語氣、身體語言與他相處的人，他有被棄的羞憤，感覺被排斥在成年的盛宴之外，因而他對成年人的世界也是抵制的態勢：那裡有吃相像豬的母親，常常偷酒並時不時請妓女喝上一杯的父親，肉體衰敗且散發惡臭的福特斯球太太，以及她灰白的體毛，還有老女人波紋狀盪開的皺紋。在他看來：成年人的世界是不潔、蟄伏，且讓人昏昏欲睡的，活生生的日子上方，都有死亡的黑翼在盤旋，而與之對峙的青春期卻是野獸凶猛：新鮮的肉體，未成形的慾望，被禁止說出口的愛情……這是這部痛感小說的第一個痛處，簡直是孟克（Edvard Munch）《病中的孩子》（*The Sick Child*）的文字版，所以我不把它看作是愛情小說，也不看作社會小說，對我而言，它是一部成長小說、一部戰鬥小說，一個人拚命地要扼殺掉自己身體裡的那個陳舊的、柔軟的舊我，那個草食性動物一般溫馴的自我，他想變成利刃，天生有嗜血的本能，或者乾脆做一塊透視苦難的冰，以適應成年社會那個食肉的機制，他的掙扎，我想我是明白一點的。

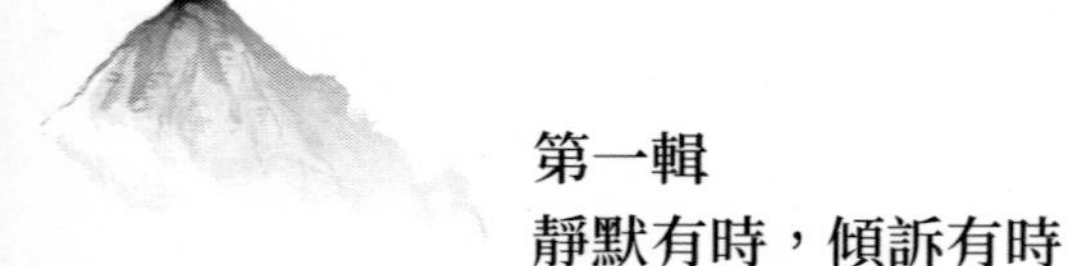

瓦萊麗·海明威（Valerie Hemingway）：靜默有時，傾訴有時

一個樣貌平平的愛爾蘭女孩，帶著她的草根氣味，輕盈地滑過了一個天才的生命尾部，在瞬間照亮彼此，這個男人在她生命裡投射下微微光斑和黴斑。她亦以自己的波瀾不興撫慰及為他鎮痛，28 年後，她水波不興地記錄下這一切。然後就有了這本書，它叫做《與公牛一起奔跑 —— 我生命中的海明威》（*Running with the Bulls: My Years with the Hemingways*）。

一開始我的思路是：又是一本塗抹了海明威（Ernest Hemingway）之名的八卦書，或少女心靈成長史，直到看到正文，就開始恥於自己的小人之心了。瓦萊麗，19 歲的時候無意中採訪過海明威，然後被他聘為私人祕書，和他一起經歷了西班牙之旅，又陪他在古巴定居，近距離看到了這個天才揮霍生命的熱力，也看到了他的體能、愛能、創作力大幅下滑的衰頹。一直到他過世後，她還繼續整理他的資料，並和他兒子結婚，確切地說，《我生命中的海明威》寫的不是一個人，而是一個家族，或是一種文化符號。

書裡淡淡地記錄了一些海明威的日常，說它淡，因為只是數筆白描，完全沒有拿捏八卦的渲染和爆料的誇張表情，也沒什麼好爆的，海明威在他生命的末端，是一個明星作家，所到之處無不被膜拜，他已經把自己怡然地活成了一個小宇宙，帶著他的行星群，夜夜酗酒，日日笙歌，天天都在過狂歡節。這個行星群的成分是：超級粉絲、玩伴、僕人、司機等等。

不是海明威，倒是這個女孩子，她身上的一種舉重若輕的緩衝力吸引了我，雖然她通篇幾乎都在說她眼裡成像的其他人，可是再波瀾壯闊的事，讓她說來也是風平浪靜，比如海明威被關注過度，一方面是被粉絲慣出了暴烈性子，另外一方面又像被圍的獸，老覺得有人在偷窺或加害他，他差點對記者動粗，為一件芝麻小事都可以和最好的朋友決鬥，他總是按自己的想像扭曲朋友的形象、詆毀他的前妻，還說謊成性，常常把小說筆法加之於日常。還有海明威對她的愛意，曖昧糾結處，很多可以做私密文章的小瑕疵，她都淺淺蹚過，並不流連。表達得優雅，是自制造就的。

我不曉得這是她天生的恬淡性子，還是後天爬梳自己情緒的能力所致，或是一種合理避險的需求，因為她後來又嫁給了海明威的兒子。總之我覺得這個女人很會低調地經營自己的形象。我在想，這是不是海明威樂於與她相處的地方：一個明星作家，他的生活其實是密閉的，被他周邊的星際物質所包圍，他的「行星們」，處處都順著他的意思說話，不敢逆他話鋒，在這種不接地氣的懸浮狀態中，就特別需要一個能真實回饋意見的人，不忤逆他的同時，又能保持自己中性的乾爽立場和日常質地，比如，這個叫瓦萊麗的小女孩。

在開篇時，她略交代了下自己的背景，但是用色簡靜，所以我當時的注意力就滑過去了，只想直奔海明威與她生命交接的那段，可是看到後來，突然覺得這個女孩子性格的解密，全在她的背景資料中，就又翻回去重看。她自小在修道院長大，那是一個中世紀遺風尚存的地方，所有的僕人都是院裡收養的聾啞棄兒，孩子們之間不許用語言長時間交流，所以他們個個都會手語，假期時她寄居在一個慈善機構，那裡有很多文化流亡者，向她傾訴自己積壓多年的心事和流亡史。

也就是說，這個女孩子從小就受著保持沉默的訓練，沉默就是她的生存方式之一，她自幼練就了傾聽和靜默的技術，傾訴是一種能力，靜默何嘗不是？也正是這種能力，讓她在海明威處得寵。海明威需要的是一個複合祕書：熟練的打字員、沉靜的傾聽者、守口如瓶的知情者、反應靈敏的情緒共振者、結實有彈性的情緒垃圾箱、溫柔呵護的精神保母。

可能這是這本書讓我釋然的地方，透過瓦萊麗這個介質，我理清了自己關於自由的一些模糊的想法。我是個頹靡到骨子的人，從來不願意奮力去爭取什麼，也懶得起身去經營規劃什麼，我什麼書都看，但是從來不看勵志書，如果說我還有什麼對自己的成形的想法，那就是：我要力爭做一個自由的人。

之前我理解中的自由，是一種大自由，比如尤瑟娜那種，頭頂天，腳著地，把自己活成一棵長滿可能性的樹，硬冷決絕地遺世獨立；或是像瓦萊麗筆下的海明威一樣，無論酗酒，狂飲，享樂，早晨七點前他一定會站在打字機前工作，所有的壞情緒，只要與寫作逆行的，都必須被抵制。他全部生命的寬廣度都是在創作中，他必須完全自由地馳騁於靈感之中，這是他自由的底線，所以他的創作力一枯萎，他的生命也就隨之凋落了。

這種大自由，它的邊緣太清晰，對抗性太強，情緒內耗太大，使用成本實在太高，並不是我們這種小人物的意志強度所能去實踐的，我們能做到的，頂多是小自由，它是一種混合物，就像瓦萊麗這樣，哪怕面前是一個光芒灼灼的天才，她也寵辱不驚地對待他，平和地去享受生活。

瓦萊麗的形象，在我揣想中，應該是中國人所謂的「外圓內方」，它其實是一種性格彈性和自衛能力。一方面，她溫柔地與海明威的生活共振；一方面，她清晰地保留自己的想法。吳爾芙說，一個女人應該有一間自己的房間，其實就是這個意思。這個房間並不是在世界上的哪個角落，它是一個女人心裡的房間，是一顆完全屬於自己掌控的心，它可以關上門隔開家人，也可以打開窗和外界通氣；它可以交遊待客，但是它絕不留客。在這個房間裡，你可以動亦隨心，靜亦隨意，溫柔有時，暴烈有時，果敢有時，滯意有時，沸騰有時，決絕有時，靜默有時，傾訴有時。如此如此……

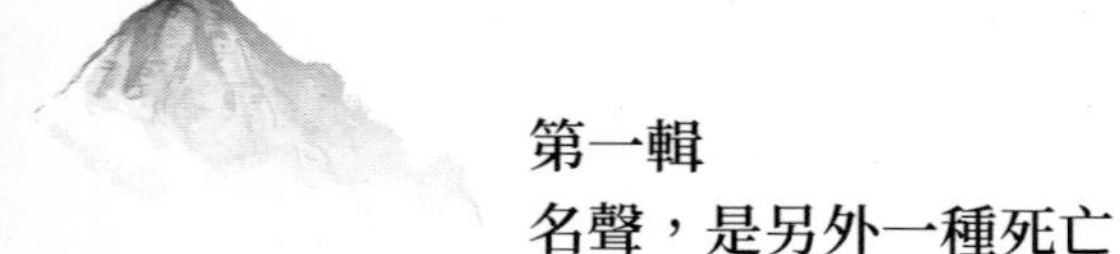

瑪格麗特·米契爾（Margaret Mitchell）：名聲，是另外一種死亡

《塔拉之路》（*The road to Tara*），瑪格麗特·米契爾的傳記，此書長著一張非常粗糲的盜版臉，但內容詳實、生動，資訊量很大，翻譯時有踉蹌處，比如，老是把外祖母譯成祖母，但是尚在可以忍受的範圍內。我個人對《飄》的印象是：它不是一部愛情小說，它講述更多的是力量，生命力、重建力等等。戀愛中的郝思嘉（Scarlett O'Hara），茫然無措，是漩渦中打轉的浮萍。她對衛希禮（Ashley Wilkes），更多的是少女臨睡前的粉紅幻想，和一個強悍女人的血色征服欲 —— 欲力強大又未經世事的少女，她們的愛情中，多半複合著這兩種成分，可是那個男人比她更明晰，不願意配合她的致幻遊戲。至於白瑞德（Rhett Butler），呵呵，他是個迷人的惡棍，自利、無所顧忌，完全沒有道德意識，他和郝思嘉倒真是臭味相投。「她從未真正理解過她愛的那兩個男人，由此，她失去了他們。」倒是用病瘦的劣馬，在亞特蘭大大火之夜，拖著一家老小返鄉的那個郝思嘉；穿著破衣爛衫在自己的紅土地上勞動、臉上被晒出大片色斑的郝思嘉；手裡握著熾熱的紅土，咬牙切齒地說「我發誓，我將熬過這一切，我將不會讓自己再挨餓」的郝思嘉，她的力量，每每讓我折服。

我總覺得，任何文化產品的極盛，必然與它的國民氣質相關，比如華美的物欲加細節的鋪陳，中國人嗜好的東西，引發對《紅樓夢》幾百年不衰的孜孜研究；而《飄》，就是美國人的民族精神。這是一個熱愛奇蹟、力量和英雄主義的國家，尤其是它出現在1930年代的美國，一戰剛剛結束，又爆發了史無前例的經濟危機，戰爭的挫傷、經濟秩序的崩潰，使整個美國公眾都處於一種空前的低落之中。而《飄》講述的故事就是：在戰火摧毀了家園之後，滿地廢墟和遍體鱗傷之中，一些人死掉了，在肉體或精神上，一些人成了時代的未亡人，又有一些人，他們活下來了。這本書，寫的就是重建力。而且她的視角非常別緻，不是著力在一個主流宏觀的角度，比如男人、政治、軍事；它的重心是一群留守家園的女人，這是一部「逃逸之作」，它從未稍離過戰爭的炮火轟鳴，可是，它卻不沾一絲戰爭的火星。它不是史詩，它更是一種日常性、平民版本的力量，我想，它適時提供了當時美國民眾急需的信心補給。

《飄》的成功，是兩個天蠍座女人的聯袂之作：米契爾和費雯·麗（Vivien Leigh）。這個星座的核心詞是「激情」，如果這個激情有一個光明的出口，那麼，它是一種自我建設的大好機會；反之，如果它只能在地上匍匐遊走，會變成另外一種破壞力。先是米契爾，用自己加外祖母，複合成了郝思嘉的文字形象：魅惑人心的南方美女，骨子裡的野性氣質，不屈不撓的生命力和生活欲。而費雯·麗，又將這個形象賦予血肉之形。這兩個女人，都有太多的激情和與之不配套的、平平的神經結實度，所以她們用激情先後成就了自己，最終，又毀於此。

衝突型的女人每每讓我迷戀。米契爾本人就是這樣，她身上有太多反向的東西：南方淑女的底子，一絲不苟的老式教養，又有暴烈的破壞力，沉迷喝酒、抽菸、晝夜不休的舞會；骨子裡有一塵不染的肉體態度，一定要做個處女新娘，可是最喜歡玩的是性遊戲，不是落實在實際操作上，而是擦著邊緣而過、最大摩擦係數的性挑逗，在臨界點上，最高音的部分戛然而止。與她表面駭世的叛逆前衛樣子相反，她骨子裡是個太

沒有安全感的人，她太需要取悅別人，太需要權威的肯定，太需要依賴傳統秩序。所以她選擇做傳統的家庭婦女，每天下午打打橋牌來閒散度日，寫完稿子就藏在床單下，比起文字生涯的光輝，她更需要傳統婚姻模式給她的安全感。與人群逆向而行，是需要鬥志的，她沒有這麼大的力量儲備，她的丈夫 John，才是她身後真正的力量源，他是她的教練、領隊、啦啦隊長，整部《飄》，都是她在他的搖旗吶喊中跑到終點的。

她有敏銳的反應力和潑辣、不衰竭的幽默感，一定要成為人群注意力的中心，與己無關的話題通通很冷淡，無比要強，又無比脆弱。她無法忍受失敗，她也擔負不了成功，要麼做第一，要麼什麼也不是，僅僅因為名次排後，就乾脆退學了。這個態度也延續到她的寫作中，她花 10 年時間寫了《飄》，查閱了無數資料，易稿數次，不可不謂之費盡心力，可是她不許任何人提及這本她稱之為「家庭婦女打發時日」的書。是她真的淡泊至此嗎？當然不是，她拚命壓縮自己的期望值，這是一種對薄弱信心的自我保護。她的信心脆薄到什麼地步？僅僅是市面上出的一本粗劣的內戰小說，就讓她的打字機塵封了一年。她是眼低手高的，她必須依靠外界評價界定自己的好或不好，所以她喜歡被名聲滋養，可是無法承受名聲之下的生活。名聲，對她而言，又成了另外一種死亡。她是隻勇敢的小螞蟻，能背起超過自己體重數倍的重物，可是她沒有道路意識，她不懂得怎樣把持和經營自己的生活，平日裡，小螞蟻活得戰戰兢兢，倒也自得，可是某日，突然橫空飛來一個極大的榮譽，這下好了，她一下就被砸暈了。

寫完《飄》之後，她再未有過成形的作品，她的餘生全花在對《飄》所帶來盛譽的維修管理和復甦上。她筆下的郝思嘉，心思粗糙，我行我素，全然無視外界的人情冷暖，所有關乎「良心」、「道德」的精細思考都留待明天，「我明天再去想好了」，只是信心勃發地直奔來日。可是作為它的創造者，米契爾本人，絕無這樣潑辣、健旺的生命力，她孜孜於名，敏感於批評，《飄》出版的四年中，她回覆了兩萬封讀者來信，封封都詳實可親，雖然內容不過是：（一）關於《飄》的花絮。（二）關於她自己的八卦閒碎。

二戰來臨後，人們對《飄》漸漸冷卻之際，她不停地做出各種秀，來重新引發大家對《飄》的熱情。可是，在人們眼裡，她不過是個過氣的明星或棒球選手，大家追捧她、敷衍她。人們在紀念日把這本書翻出來，嚼幾下是非八卦，像對待所有過時的東西一樣。她加速地老去了，昔日生機勃發的假小子、舞會裡的小公主，開始眼角耷拉、衣衫潦草、形容憔悴，她活著就是一副即將朽去的樣子，她活成了她自己的紀念碑……她心神恍惚地過馬路，被一個酒醉的司機撞倒，人們看見一個半老踉蹌的婦人，血肉模糊地倒在車輪下，沒有人知道，那就是整個南方的驕傲、美國精神的形象代言人、南方傳奇的製造者——瑪格麗特·米契爾。在備受冷落中，她死於一場最平淡、潦草的車禍。

張允和：多情人不老

老的時候，張允和還常常梳著她那奇怪的閨閣髮式上街，一條銀光閃閃的大辮子盤在頭頂，再穿一身素色對襟小褂，花紋有的是折枝海棠，有的是滿塘浮萍，花色精緻，布料考究，一點也沒有老年人那種敷衍衣著、潦草老去的倉促寒酸相。想著老太太在陽光下意氣風發，無視路人側目、兀自旖旎而行的風致，我就欽慕不已，她當然能壓住那個陣勢。招搖是女人的特權，張愛玲年輕時，也穿過老祖母的褂襖，在人前姍姍而過呢 —— 可是這樣一個奇裝過市的人，到老了還不是收斂鋒芒，只穿一件暗色旗袍，低眉做人。莒哈絲在 70 歲高齡時，倒也敢披著她那個大紅坎肩去領龔固爾文學獎。40 來歲時，因為沒有合適的衣服就不敢去咖啡館閒坐的莒哈絲，只是為了一篇小說的不成形，就有半年恍惚難安。忘記照鏡子的莒哈絲已不復在，70 歲的莒哈絲，像所有老人一樣，最害怕的，只是被後浪取代，又被人群遺忘吧？無奈青絲已成繁霜，一身紅衣，更映出她的華髮蒼蒼、容顏破敗。而張允和的那份到老還不凋零的招搖，又自不同。

張允和有時會讓我想起楊絳：一樣的書香門第，一樣的知識富貴傳家，一樣地嫁了個情投意合的書生。也許這是一類愛情模式，然而它絕不可能存於物欲喧囂塵上的今時。有精神力量的人才活得有膽色、血性且張弛自如。且看張允和如何笑對人生，〈小丑〉一文中，她寫道：有一次，兩個年輕小夥子氣勢洶洶地闖進她家裡，要她「交代」問題，他們給她五分鐘的時間來考慮。於是在接下來的五分鐘裡，她看著兩個批鬥她的小夥子，心想，他們一個是白臉的趙子龍，一個是黑臉的猛張飛，於是又由趙子龍和猛張飛想到唱戲，想到自己曾在戲裡演過的幾次小丑，然後回到眼前的現實，想到自己現在又是在扮演小丑的角色了。五分鐘時間到了，一聲喝令，該交代了，她想，如果再給我五分鐘，我就可以寫一篇〈論小丑〉了！

不由想起楊絳的書裡，提到過類似的事情，她和錢鍾書，把批鬥他們的人一一代入角色，對號入座，以美學方式細細解析，硬是把血色階級鬥爭，整成一齣黑色幽默劇了！由此給自己一個柔軟的緩衝地帶，在尊嚴和應世之間，端莊地走一段平衡木。換成別人，也許只是自欺機制的善意啟動，可是像張允和和楊絳這類自幼浸淫詩書的人，骨子裡大概真有點知識分子的天真和玩心。所謂「士子」的精神優越感，這個自信給了他們凌駕於時事起落的淡泊，就像張老太太總說，「女人不要像林黛玉似的悲秋愁苦，要活得健康蓬勃一點啊！」換成別人說我會嗤之以鼻，可是這個 86 歲還能去學電腦、快 90 歲還頂著條大辮子、覺得自己很美、身教先於言傳、一輩子都活得興致勃勃的老太太，這麼勇敢老去的美女，讓我噤聲了！

當然張的文采遠輸於楊，學識就更單薄得多。楊是以學識為生，而對張而言，這只是生之點綴。但也正是因為沒有被過多的知識儲備所累吧？我倒覺得張比楊要女性化，你總不能想像楊絳像張允和那樣，翹一根小蘭花指、扭捏腰身去唱一曲〈牡丹亭〉的豔姿吧；更不會見到楊絳扛一個小鋤頭去養花鋤草、含飴弄孫，或是戴上老花眼鏡，替孫女的洋娃娃打毛衣吧。楊絳斷斷捨不得這樣揮霍光陰，她是每一分鐘都要擠出

來做學問的室內學者，想想她在英國替錢鍾書伴讀的時候，連吃飯這種維生的基本需求，她都覺得是浪費時間。而張呢，她被稱為「最後的閨秀」，這個詞意味著：門第、韻致、才情，還有在亂世中承重的優雅和性格彈性。張允和寫過〈保母列傳〉，楊絳也樂於在雜記裡寫她有限的社交半徑裡，遇到的那些混跡底層的勞動者——拉板車的、搬煤球的、洗衣服的……但這些立意「與民同樂」的文章，恰恰也說明，她們是「學者」，是「閨秀」，是平民生活中的異質。

「多情人不老」，這句話多麼勇敢，多麼好，除了「好」我想不出其他定位它的詞。這個情也不是男女的那種小情小愛，而是像《戰爭與和平》（*War and Peace*）裡的娜塔莎那樣，半夜坐在陽臺上，嗅著夏夜清香微醺的空氣，都能笑著唱起歌來，心中有滿溢而出的快樂。張允和愛唱崑曲，愛在海堤上散步，愛喝老母雞湯，愛喝綠茶，愛孫子，愛幫別人改名字，愛古書，愛捉小蟲子繫在手腕上玩，愛拍照……我愛這個到88歲牙都掉光了還能對著照相機鏡頭笑容燦爛的老太太。

第二輯

他們

如果毛姆（William Somerset Maugham）

如果毛姆不是自小口吃，那麼他組織語言的天賦應該會有另外的出口，他會像他的哥哥、爸爸和爺爺那樣，循著司法世家的軌跡，做一個律師或法官，笑傲法庭，舌戰群雄。如果他不是身材矮小，樣貌平平，而是像哥哥們一樣高大俊美、運動能力出眾，那麼他也會憑著體能的優勢，悠遊於各大俱樂部，進入上流社會的社交圈。而他，因為口吃和矮小，深感自卑，在飯桌上只能淪為緘口的旁觀者，只有寫小說時，把自己代入敘事者角色、代理他人人格的時候，才會意氣風發。但這種自抑及自抑後的舒張，其實是一個作家很重要的特質，自我狀態太黏稠的人，光顧著表現自己，無法充當一個高效能收集資訊的反射板。太弱的人，容易被他人滲透，毛姆的時收時放，恰恰調節了這個。

如果毛姆飽讀詩書，滿腹經綸，或是天賦異稟，想像力出眾，那麼他會成為一個知識分子作家，即完全建立在間接經驗上，或憑著想像力寫作的室內作家。不過毛姆 17 歲就跑出去遊學了，他這輩子最不屑的，就是搭建空中樓閣的創作者，或是像亨利・詹姆士（Henry James）那種窗型作家：在視野裡開個小窗，記錄一點空氣的氣味和流雲的形狀。他自己呢，倒更像是一道遊廊，就是我們常常在蘇州園林裡看到的那種，步步換景，處處有戲，字字落實。

他從不寫直接經驗之外的東西，他的關鍵詞：一是「知識」，二是「合理」，三是「好玩」。他要是寫異域風情，就一定要實地考察，要聽到他們的口音、嗅到他們的體味、知道他們日常生活的細節。他每天刮鬍子時都對著鏡子唸人物對白，反覆掂量是不是合人物身分 —— 寫小說的毛姆倒不自私，有的作家是自私到把每個人物都變成他自己的代言人了。毛姆一直堅信：故事才是硬道理，你看過他的小說就知道，不要說汁水豐盈的描述性細節，就是形容詞，他都用得極儉省，他從不在細節上流連，他總是腿腳俐落地直奔下文。他作品的好處只是情節的好 —— 你翻開了他的書，就再也放不下。

如果毛姆視金錢如糞土，那麼他不會那麼敏感於市場。他活到 91 歲，寫了 65 年，出版作品 110 部，有些手稿的拍賣價和版權費至今還保持著最高紀錄。他口舌惡毒，心眼小得堪比針尖，凡是進入他注意力範圍的人，幾乎都被他菲薄過。他去參加皇家宴會，連女王都久聞他的「舌辣」而不敢坐在他的身邊進餐。他唯一保持敬意的，大概就是市場。他總是敏於收集資訊，戰時寫間諜小說，和平時期寫輕喜劇，維多利亞末期寫貴族戲，戰後寫偵探小說，蕭條時期寫遊記體小說。他不僅是文人，更是文學事業家，他很擅長經營自己，也正因為他太臣服於市場，所以他這輩子都成不了一個文體大師。他受不了那種離群的孤獨。

如果毛姆不是愛財如命、點滴計算，他不會在簽每份售書合約時都錙銖必較，討價還價；不會替好朋友寫個序或跋都要收費。1950 年代，他在美國簽《剃刀邊緣》（*The Razor's Edge*）的合約，當時的版權費是 50 萬美元，堪稱鉅款，他施施然走下出版社的建築，逆著迎面的暴風雪，就上公車回家了，連計程車都捨不得喊。但是他也可以一年花 2 萬美元，僱僕役，請園丁，養著一個 9 個月都不去住的別墅，因為他覺得省錢必須在暗處，暴露在人前的部分，必須與他的紳士身分相配。

他並不像大多數作家那樣，只能貼上於某一段時間，與某個時代共振，他整整寫了 65 年的暢銷書，跨越了維多利亞末期、愛德華時代、一戰、二戰。但是他本人早已定居在他的青春期人格中，他愛財是因為他務實，他自幼失祜，年輕時受過窮，他需要金錢的溫暖和安全感，他揮霍是因為在他維修保養良好的肉體容器內，始終住著一個愛德華時代的老靈魂。

愛德華時代是指愛德華七世（Edward VII）在位統治及之後的時期，它是維多利亞時代和一戰之間的過渡時期，理性時代和焦慮時代之間的環扣。愛德華時代流行的口頭禪是「門面工夫是一定要裝點的」，每個人都可以狎妓、酗酒、吸毒、尋歡作樂，但是要尊重社會潛規則，就是不要在檯面上端出醜事。如果一個人家出了戲子，那麼大家在他家人面前就連「劇院」這個單字也不能提。

愛德華時代的生活要領就是：你一定要熟知禮儀規矩。毛姆本人就是一部活體大英社會知識百科全書：如果想知道藝術家的生活，可以看他寫的《月亮和六便士》（*The Moon and Sixpence*）；如果想知道劇作家和演員的生活，可以看《劇院風情》（*Theatre*），小到喝湯時出多大的聲響，跳方步舞時摟住對方的幾分之幾腰圍，如何使用小手帕，在哪家裁縫店做衣服，多少家產的紳士可以參加哪個等級的俱樂部，大到每個季度該給情婦多少贍養費……他隨手亮一亮都是知識豪門的身家。他可以嘲笑亨利．詹姆士是個連土語和客廳用語都分不清的拙劣寫字匠，他也會畢恭畢敬地寫信給一個西班牙農民，探聽某種他在小說裡要寫到的鄉間風俗 —— 他尊重知識和擁有知識的人。

如果毛姆是個無須成長期的天才型作家，那麼他不用在長達 65 年的寫作生涯裡，無論疾病、挫折、戰時，都堅持工作三個小時以上。他的技術像雷諾瓦（Pierre-Auguste Renoir）一樣，與其說來自天賦，莫若說來自苦練。很多人驚訝於雷諾瓦畫女體時的圓熟和流利，卻不知這源自他的童子功，他自幼在瓷器廠做學徒，在花瓶上畫過好幾千個裸女，早就把身體線條爛熟於心。毛姆的經驗則是，「我不知道什麼是靈感，反正我沒見過這玩意兒」。

如果他不是這麼敬業，也許不會老是官司纏身，直到他 91 歲逝世前，還有人控訴他在小說中盜用了他們的生活經歷。我相信凡是進入毛姆社交範圍的人，幾乎都在他的書裡投影成像了。他把點滴經驗都擠出來滋養他的 110 部作品，他始終不肯寫印度，因為他覺得已經被吉卜林（Rudyard Kipling）寫爛了，他的生活都為寫作儲備經驗，所以他自然也就不去印度旅行了。這個自私、利己、惡毒的人畢竟還有打動我的地方，比如在成名以後，有一天他經過大劇院，裡面正在上演他的一齣戲，他聽到觀眾在落幕時雷鳴般的掌聲，對著落日長長舒了一口氣：「這下我終於可以從容地欣賞落日，而不用挖空心思想著如何優美地描寫它了。」

如果毛姆熱愛女人，那麼他的作品裡會多一些以女性為載體的「真」、「善」、「美」，但他是個同性戀，且沒有在筆下善待過除了他媽和女王以外的第三個女人，他文中的女人都是自私、惡毒、貪財、亂愛的勢利小人，且毒化了男性的思考力和靈性生活 —— 公正地說吧，這倒更像毛姆本人在女人眼中的形象。

事實上，他對所有人都是一種堅硬的防禦態勢。在他少年時代的照片裡，那個因為口吃、膽小、懦弱而被人欺侮的孩子，他對世界的敵意，就全定型在眼簾下垂的怯懦和嘴角耷拉的不屑裡了。直到有一天他發現自己有譏諷的能力，這些小毒針可以幫他防身和禦敵，在漫長的成

長期裡，毒針硬化成了瓷釉。在他盛年時期的照片裡，他叼著大菸斗，睥睨人世，拒絕任何近身的暖意，直到他死之前得了老年痴呆症，這層硬釉才開始慢慢剝落，他開始躲在無人處哭泣，拉著別人的衣角泣訴。在他臨終前的照片上，又還原成一張皺紋滾滾卻又畏怯的「老娃娃臉」，那是他體內那個口吃的膽小孩子露出了頭，以他最初的樣子向這個世界告別。

愛因斯坦（Albert Einstein）的血肉愛情

他生長在慕尼黑，那裡是歐洲中產階級根系最發達的地方，偏偏他這一輩子都視紀律生活為仇，而穩定的中產階級生活，恰恰是最大的紀律生活，過於富足和秩序化的生活，好像是過食後的油膩和飽脹，讓他情不自禁地想逃。而當有一天，他看見窗外轟轟走過一列士兵，突然意識到自己也快去服兵役了，他就真的決定逃離了，他打起小包裹，退了學，徒步走過阿爾卑斯山，放棄了他的德國國籍，那年他只有 17 歲。

這就是天才的一大特徵，他們從不在既定的根系上成長，他們只信任從自己的經驗中長出來的東西，只聽從內心的聲音，甚至為了更好地辨析這個聲音，他們會選擇一種遠離人群的生活。他離家時，帶上了他最心愛的兩個玩具 —— 小提琴和羅盤，前者暗喻的華美抒情氣質，和後者代表的清潔理性精神，恰是愛因斯坦一生的座標，他的一切，都可以在這個座標上投影成像。比如，當他第一次談戀愛時，這個小提琴和羅盤，就分別化身為瑪麗（Marie）和米列娃（Mileva Marić）。

瑪麗熱情、甜美、頭腦簡單，是個快樂的中產家庭少女；米列娃知性、清冷、終日埋首於實驗室和圖書館。瑪麗與愛因斯坦同年，米列娃則長他 4 歲，瑪麗是個金髮美少女，而米列娃則是個樣貌平平的跛子 —— 我看過愛因斯坦的情書集，那真是一大坨一大坨花團錦簇的廢話，充滿了濃郁的人工甜味，像電影院門口賣的爆米花，第一口甜美得讓你想讚美上帝，慢著，再嘗一口吧，要命，接著你就想打擊造假。愛

因斯坦本人並不信任抒情氣質，但他成功地用這些他自己都不相信的話麻醉倒了瑪麗。得到她的同時，他發現自己其實更欣賞米列娃身上那股與生俱來的寧靜氣質、堅如磐石的堅定力量，因為這正是他試圖透過人工調節達到的境界。他做完取捨以後，甩掉瑪麗的方式也是快如刀鋒。瑪麗：「親愛的，你一定要常常寫信給我呀。」愛因斯坦：「當然，我會把髒衣服寄給你洗的。」

妾心匪石，不可轉也，可是有什麼用呢？你遇見的可是郎心如鐵。但不能就此誤解愛因斯坦是個沒有溫情的人，恰恰相反，他是個典型的雙魚座，非常敏感、纖細，他只是無法讓他的兩條魚往同一個方向游。這種分裂氣質也是一種天才的副產品，愛因斯坦身上大概同居著兩個人格，托爾斯泰可能有三個以上。前一陣子看的晚年資料，他的妻子、孩子、助手信徒的回憶錄，有一個重合點就是，托爾斯泰是一個讓人難以適從的人。比如，第一天他覺得自己是純粹的俄羅斯人，把女兒送去上公立學校了；第二天他又覺得歐式氣質更加華美，再去替女兒請英國老師；過幾天他又自比一個俄羅斯農人，把孩子們從學校裡接回來，讓他們穿上樹皮鞋送去下田。和這樣的人生活在一起，除了堅韌、寬容、耐心這些特質的基本配置之外，還要有靈敏的換臺調頻能力。但是愛因斯坦第一次選擇妻子的時候只有 20 歲出頭，又怎麼能想到呢？

這裡可以用他的演奏風格做出解釋，愛因斯坦本人是一個非常出色的小提琴手，每週都會在家裡舉辦小型家庭音樂會，他總是非常煽情地演奏出一段情意綿綿的樂章，而當大家浸淫其中、涕淚漣漣的時候，他會馬上轉向，說個非常粗俗的笑話，把這個抒情氣氛沖淡。也就是說，他很容易動情，又很鄙夷自己的情慾勃發，更不屑於與他人共振。自戀的人在找戀愛對象的時候，往往找的是個知己而不是愛人，愛因斯坦的驕傲更高一層，他既不需要知己也不需要愛人，他非常喜歡巴哈（Johann Sebastian Bach），他說愛巴哈的唯一方式就是演奏、聆聽，然後對他保持終生的沉默，他真的從沒有評論過巴哈，這個隔離帶就是他保持敬意的方式。但他本人並沒有這麼強的人格力量，他如果要保持他的局外人氣質，就得有個人工隔離帶，這個隔離設施，就是米列娃和她的自我犧牲 —— 甘於充當他與外界生活的介質。

有時，一個男人的視角、觀感，可以高效能地析出兩個女人的質地落差，居禮夫人（Marie Curie）曾經作為某科學團體的成員招待過愛因斯坦，事後愛因斯坦向他們寫了感謝信 —— 愛因斯坦最擅長的兩種文體，就是情書和感謝信，也就是說，他在信裡表現的善意，必然大於他的實感，饒是這樣他還是寫道，「居禮夫人，很有學識，但恕我直言，她真的沒什麼女性魅力」，居禮夫人是 —— 當她介入朗之萬（Paul Langevin）家庭的婚外情花絮曝光以後，所有人都善意地勸她不要去瑞典領諾貝爾獎，她的反應非常凜然 —— 「這是我的科學成就，和我的私生活有什麼關係？」結果她一臉鏗鏘地奔去領獎了；而米列娃是 —— 「愛因斯坦和我就是一塊大石頭啊（『愛因斯坦』的英文意思就是大石頭），他的成就就是我的。」就這樣，她為他放棄了自己身為一個殘疾女人，苦苦奮鬥了十幾年的科學事業。

她說得沒錯，他是塊生性冷淡的石頭，還是塊滾石 —— 不斷追逐新鮮體溫的滾石，而她再也不會想到，15 年後，這個男人背著她寫信給另外一個女人，「我無法忍受這個醜陋的女人了（米列娃），她是世界上最陰沉的女人，我已經和她分床，我無比渴念著你，甜蜜的寶貝」，還強迫她簽下一份婚內分居書，每日要她定時為他提供三餐和換洗衣服，卻不許在晚上爬上他的床。撇開這個男人的冷硬不談，我們每個女人，

都應該努力建設完善自己的生活，只有作為一股獨立的人格力量，才有資格去愛人，才有能力去承擔愛的諸多後果，正數的或負數的，敗局或殘局。

我對居禮夫人的景慕恰恰是在知道她的婚外情花絮之後，這正說明她是一個感性和理性都非常發達的人，在這樣的人身上，我們才可以看到意志力的強度、性格的強度、生命力的強度，就好像看女高音唱華彩的詠嘆調一樣，發乎於肉身，收之於樂止，磅礴而出，戛然而止。洶湧的情慾，被理性的壩攔住，在一己之私慾和社會生活秩序之間，走好這個平衡木，這種控制張弛的意志力，又何嘗不是一種壯美的人生境界？那麼他，愛因斯坦呢？他經歷了過著中產生活的少年時代，自由意志和婚姻責任激烈角力的哀樂中年，老來終於又成為婚姻生活的局外人，自橫平豎直的廣播體操開始，經過踉蹌掙扎的平衡木，最後他放棄築壩，任私慾抵達遊於物外的太極，他這一生，真像觀潮。

出生的時候，他畸形的大腦袋幾乎擠破了母親的產道，他死之後，這個大腦袋又被分解成幾千塊，散落在世界各地，供全世界的科學家研究基因遺傳學。始於幻滅，終於幻滅，這之間，是他，也是我們每個人僅有的一生。也許他早就洞悉天機，所以一直到 7 歲，他都固執地不肯在人前說話，卻總是躲在角落裡，小聲地對著自己唱歌……他對著自己唱了一輩子，科學孤旅的漫漫征途、沿途荒涼的風景、兩側空落落的看臺、耳邊呼嘯而過的強大風聲，這一切，生命的荒涼質地，又豈是跑道終點那雷鳴般的掌聲所能安慰的？我想，當他和米列娃的情書曝光後，當「我如此渴望著你，渴望用我的身體貼向你甜蜜的凹處」這樣的字句大白於眾人眼前時，全世界的量子物理學家都暗暗地舒了一口氣吧。這個科學巨人，長達半個世紀，用他陰霾般的身影遮蔽著眾人，使大家壓抑地匍匐在他腳下，原來，他和我們一樣，也不過是個血肉之軀。

在此我要特別向《戀愛中的愛因斯坦》（*Einstein in Love*）作者，麻省理工學院的物理學家丹尼斯·奧弗比（Dennis Overbye）致謝，感謝他使一個半神成功地降落人間；感謝他為我帶來若干如此愉快的閱讀日；感謝他寫出沒有一絲作家味道的傳記作品，區別於那些有太熟練的煽情和造勢、充滿手藝活的匠氣之作；感謝他沒有不負責任地把傳記裁剪成「傳奇」——作為一個傳記作者，如果你沒有高效能整合資料的能力，那就老老實實做個原始材料的二傳手吧。我還要感謝他傳遞資訊的可愛方式，他像是個物理學的追星族，作為愛因斯坦的超級粉絲，他花了五年時間，艱難地輾轉於他的偶像成長的足跡中。在一個黃昏，他到達了他的偶像曾經執教和生活過的布拉格，身為一個美國人，他實在無法適應這個城市混亂的交通，道路就像地下河，走著走著就沒有了。那一刻他頓悟，「我終於明白，為什麼本世紀初，這裡出現了一個叫卡夫卡（Franz Kafka）的年輕人，他寫了那麼多迷宮般的小說，原來是因為這個迷宮般的城市。」他一路上發著這種孩子氣的怨言，讓我也一路笑個不停。

最後，我還要感謝他的溫情與婉轉，當他寫到米列娃未婚先孕時，他未做一語置評，卻羅列了 19 世紀末的避孕藥價格表——也就是說，在避孕藥已經廉價普及而婦女在街上抽菸都要被捕的時代氛圍中，他讓米列娃未婚先孕，這是何等不負責任？他的這種遠距離寫法，保留了模糊地帶，就是保留了溫情，也就是保留了真正動人的力量。過於聰明的文字，往往讓人覺得可敬卻不可親，百分之九十的聰明比百分之百的聰明，更聰明。

托爾斯泰（Leo Tolstoy）筆記

看托爾斯泰，我覺出了奢侈品的氣息 —— 像困難時代的孩子吃糖塊，舔一口，再用糖紙包起來，找個暗處再舔一口。看看那些骨輕肉薄的時下的文字，再看托爾斯泰，你無法用幸福或是感恩以外的字眼去命名那種滿足感，對異己事物的博大胸懷、相容度、文字的精確度、精良的做工 —— 真是享受。中國有幾代作家，他們的母體都嫁接在舊俄文學上，現在這些人都凋零了。

毛姆說作家筆下的人物可以分為兩種：一種你可以在現實中找到；另外一種是病態人格。托爾斯泰筆下是前者，杜斯妥也夫斯基（Fyodor Dostoevsky）就是後者。然而托爾斯泰本人並不承認善惡的二元對立，在他看來，人都是河流，有湍急和凶險處，也有靜美處，你可以說一個人善的時候多於惡，頂多如此，他筆下的人物，是用高度發達的寫實技術多稜地塑造出來的，他最擅長的，恰恰是勾勒人物的混合氣質。

這個多稜有兩個要素：（一）他書裡沒有純粹的人物，甚至他歌詠的女人，她們通通都是有汙點的、日常質地的、斑駁地帶著雜質。娜塔莎差點背著未婚夫與人私奔，安娜則真的是背夫通姦，瑪絲洛娃索性是個妓女 —— 我常常覺得托爾斯泰是個半神，那種救贖和悲憫的氣質，他的瑪絲洛娃簡直就是耶穌（Jesus）的抹大拉的瑪利亞（Mary Magdalene）。他的視角也是神的視角，淩駕在小說上方，溫柔慈悲的俯視視角。相比之下，契訶夫是個最高明的局外人，高爾基（Maxim Gorky）是個入戲的當局者。（二）他筆下沒有定格的人物，我看《戰爭與和平》，寫的就是三個人的心靈成長史，尤其是娜塔莎和皮埃爾。至於《復活》（*Resurrection*），乍一看像是小製作，人物和情節的成本都低，場景也不夠動態，即使如此，在書裡仍然可以看到聶赫留朵夫的自我成長。

托爾斯泰的寬鬆和彈性也在此，甚至是對讀者——他的小說能伴隨你成長。前一陣我看《戰爭與和平》，是復讀，不知道原來為什麼沒有讀出它的好來，比較樂觀的解釋是，這兩年來我有了密集性的進步，開始能欣賞一些皮肉之下的好處。大約有五頁紙的不耐煩（當然這也是故事布局所限，畢竟有那麼大一個故事的骨架撐開在那裡），開局就是個群像，我一向又對人物多的小說不耐煩，正因為此，小時候才喜歡《安娜·卡列尼娜》多些吧，因為人物少，情節密度大，角落裡都是愛情的碎片，宏觀背景幾乎虛化到無。五頁紙之後，故事突然好看起來，卡列寧一出場我就愛上他了啊，後來我又愛上了佛倫斯基，這真是……愛的原因很簡單啊，因為他們的驕傲——沒有傲骨的男人是不可愛的。

看過了《復活》，《戰爭與和平》給我的驚喜就不復是人物的精確度，而是托爾斯泰控制大場面、處理情節層次的能力。布局當然是很精巧的，一開始安德烈的老婆出場的時候就感覺蓄著隱隱風雷，到安德烈出來的時候那雨就下來了。他老婆的喧譁暖熱——她就像螢火蟲，吸附了社交場上的精華，然後才能放出自己的光來；又像是個補鍋底的，身上掛著大大小小的鍋底，到哪裡都隨身帶著自己叮叮噹噹的熱鬧勁兒，就這個把安德烈煩透了。當然她是賢良美麗的，可是安德烈寧願失去一切，也要換回單身的身分。她是為安德烈所蓄的風雷，也是為娜塔莎所蓄的。比起她來，娜塔莎至少是個原人。安德烈是一類男人的縮影，因為他們的自我狀態不夠強和黏稠，不足以戰勝婚姻的腐蝕——解析性的

文字，長在情節的枝幹上，有節有序。看故事的同時，人物、心境、性格、互動關係，全都交代了。

托爾斯泰的一樣絕技就是還原細節的能力，很多微觀的情緒波動，被他寫來竟成了一個貼心貼肺的河流轉角 —— 瑪絲洛娃受老鴇的誘惑做妓女，身世和對男人的否定只是間接原因，真正打動她的是老鴇向她許諾可以買好多漂亮衣服給她，她想像著自己穿上一件黑色繡金邊的絲絨袍子……這個意象真正地把她擊倒了，只是一件衣服的說服力。

想起納博科夫（Vladimir Nabokov）有一次接受訪問，記者問他：「在《黑暗中的笑聲》（*Laughter in the Dark*）裡，你寫得很殘酷，那個瑪戈小姐，實在是太邪惡了。」納博科夫說：「這好比教堂外關於地獄的壁畫，你看見醜陋是因為我把它排出了體外。」 —— 我把這個理解成，體內的隔離帶，亦是一個作家的基本特質。就好比，瑪絲洛娃被法官誤判到西伯利亞做苦工，絕望中唯一的一線光是那些男人 —— 陪審員、法官、檢察官，他們看她的眼色，她想，只要我不要瘦下去，事情就有希望。她信任的、可以利用的，只有自己的身體和男人的獸慾，以及這兩者之間的必然邏輯。她根本也不去想那些遼遠的、厚重的人生真理，這樣她才能安全地保護自己的無為 —— 還原人物的內心格局，無論他是好人、壞人，不伸出一隻手去擺布，這種對人物的尊重，也是作家的職業道德。

畢卡索（Pablo Picasso）的情人

睡不著午覺，人卻又昏昏欲睡，在臨界的昏昏裡翻一本攝影集，看到畢卡索和奧爾加（Olga Khokhlova）的合影。照片裡，畢卡索居然戴著禮帽，奧爾加居然在笑 —— 想來這是他們初婚時，當時畢卡索已經走出蒙馬特高地藍色時期的落魄，正力圖重新回歸中產階級陣營，此人最好玩的是生活與藝術永遠同步，他的每任情人都對應他當時的畫風 —— 他迷戀復古風的時候娶了奧爾加，她的皮膚細緻如瓷器，五官工整得像德勒斯登瓷器上描畫出來的工筆花卉，手手腳腳都長得纖細精緻 —— 一個淪落世間的花瓶。知識儲備也像中空的花瓶，倒不是說她不學無術，只是在天才光輝的對映下，等閒的婦德、婦容、婦功都顯得蒼白，跟在一個會飛的人後面跑，連正常人都覺得自己成了跛子。她的經典表情都凝固在畢卡索的畫裡：嘴唇薄得像刀片，表情像一張繃緊的弓，所有跟了畢卡索的女人在和他共同生活的後期，都會有這麼張神經質的、惴惴不安的、隨時準備被打翻在地的神情。

在他陰霾的藍色時期，他的情人是病態美人伊娃（Eva Gouel），後來她死於肺結核，她的纖柔部分消解了他的戾氣，或是說在他還沒來得及故態復萌之前她就適時地死了 —— 說起來她真該感謝真主。粉紅時期他找了斐迪南（Fernande Olivier），這是個玫瑰般風情冶豔的女人，我覺得她應該是個貓樣的女子，輕浮、妖豔、撩撥風情。她也有癆病 —— 不過是情癆，她大概就是那種終生活在情感飢渴地帶的女人，不時地需要新鮮的男人和戀情做補給。這樣的女人怎麼可能在一個男人或一種態勢的感情上

定居？畢卡索對她有強烈的不安全感，就像 50 年後對吉洛（Françoise Gilot）那樣，甚至不允許她穿貼身、顯現線條的裙子。瑪麗 - 德雷莎 · 華特（Marie-Thérèse Walter），金髮美女，肉體美大於精神美，在畢卡索的立體主義時期的畫中高頻率出沒，她做的事就是大多數被天才逐獵又拋棄的愚婦做的事，略等於中國悍婦的「一哭、二鬧、三上吊」，不過這個混沌美人倒說過一句明白話：「我抵抗了畢卡索六個月……他四處追著我……但是說到底，誰能抵抗畢卡索呢？」這句話，初聽起來像是棄婦的不甘，可是，再三回味，卻覺得非常心酸。這麼「龐大的、不幸的幸福」 —— 原諒我只能用這個病句來命名這朵憑空飛來的烏雲了，它鑲著那麼絢爛的金邊，誰又能抵禦呢？

吉洛 —— 畢卡索立體主義後期的畫中，常常有她被切割處理過的臉，她本人亦是畫家，在畢卡索的情人中她有幸擁有一根最結實的神經，畢卡索幾乎逼瘋了步入他私人半徑範圍裡的所有女人，只有她抽身尚早，得以全身而退，重拾畫筆，一磚一瓦地，在廢墟上重建自己的生活 —— 在她和畢卡索同居的生活裡，她完全放棄了自己的生活，淪為他的保母、傭人、性伴侶，更準確地說是性奴（畢卡索的性慾據說堪比西門慶）。她和畢卡索有一個女兒叫帕洛瑪 · 畢卡索（Paloma Picasso），長大以後做了 TIFFANY 的設計師，她設計了一款項鍊叫做「破碎的心」，是一顆金色的心，中間有一道瘀痕，裡面嵌著細碎的藍寶石，她說是為了紀念她父母的愛情。說到底吉洛還是愛過畢卡索，哪怕是愛成了時間的灰，也還是一座華美的墓穴，裡面埋著心之碎片、藍寶石的碎片，她對他的愛只餘下古墓深埋的冷與決絕 —— 我想起齊齊對我說過的一句話：「追思往念，悉已成空，遂並一切諸好，亦復淡然。」這個曲折，低迴，對舊情的戀念，死心之後的一點回味的甘甜，我只好動用中式的語境才能描摹到位。

現在我不得不說到他 —— 想必你也看出來了，我拖拖沓沓地正在奮力尋找一個有光的入口 —— 是啊，愛他的還有他，是他，卻不是她。這個他叫雅各布（Max Jacob），他痛恨別人說他是讀書人，唯恐人家把他當作小說家，他再三強調自己是詩人。「那麼，雅各布先生，詩人和小說家有什麼區別嗎？」「當然有，小說家寫『一件綠色的衣服』，詩人寫的是『一件草色的衣服』。」在這些女人之前，他就已經是畢卡索最狂熱的追求者。當時畢卡索尚未成名，正被所有的畫商拒之門外。雅各布用做清潔工、搬運工賺來的錢養活畢卡索畫畫，他自己吃牛奶泡飯，連坐車的錢都得向別人借，他天天祈禱發財，終於有一天他出了車禍，得了一筆賠償金，他寫給畢卡索的信通常都是：「你怎麼還沒給我回音，我只好又寫了一封寄給你，我的錢只夠買兩張郵票了」等。畢卡索的信則是：「親愛的雅各布，不是我冷落你，只是我最近實在很忙。」他們的信都指向一個方向 —— 「畢卡索總是很忙，雅各布總是在等待」，是典型的「浪子和怨婦」的戀愛格局。

1944 年，身為猶太人的雅各布，因為排猶政策被捕，他的朋友們都為他四處奔走，包括愛他而未果的幾個女人，他們終於弄到了釋放令。可是為時已晚，雅各布已經在獄中死於肺炎，他臨終寫的最後一封信，是託人轉告畢卡索，說他想他，要他來救他。但是沒有人知道，畢卡索曾經為雅各布做過或試圖做過什麼，也許他忙於自保，也許他在享受閨房之樂 —— 畢卡索最喜歡挑唆兩個女人打架，然後他在旁邊抱臂觀戰。人們只記得，1937 年的時候，雅各布最後一次見到畢卡索時，他們之間的爭吵。

詩人問畫家：

「你為什麼專挑選 1 月 1 日來看我？」

「因為這是家庭團聚的日子啊。」

「你錯了，在我們這裡，1 月 1 日是萬靈節，鬼魂的節日。」詩人說。

湯瑪斯·伍爾夫（Thomas Wolfe）：惶恐自白書

看了本湯瑪斯·伍爾夫的自傳。至少書名是這麼寫的——《一位美國小說家的自傳》（*The Autobiography of an American Novelist*），其實不過是兩個演講稿。話真多，肥肉部分太多。一段話的核，可能要包在十個胖句子裡，村上春樹（Murakami Haruki）可能是八個，契訶夫是三個瘦的，還好他尚有自知之明——「需要我講點什麼，往往要花費很長的時間，有很多批評家向我提出過這個問題。我也知道他們說的是真話。我花了很長時間往往還說不到重點上去。這些我全部都知道，但是要我換個別的方式來說，卻是不行，我只能按自己的方式來寫。」

不過他的話癆，確實讓我感覺到噴薄的生命力……聽說他是個兩百公分高的胖子，總是站在冰箱旁，一邊狼吞虎嚥，一邊下筆滔滔。他的饕餮相，在文字裡亦然。福克納（William Cuthbert Faulkner）說他：「天啊，看這個人寫文章，好像寫完就要死了一樣。」如果說，每天留一點靈感的點滴待明日再續的海明威是韜晦型作家，那伍爾夫就是消耗型 。

伍爾夫的感官真是極其敏感，他是被一條幻景的長河滋養著，在歐洲寫出了他記憶中的美國。《天使，望故鄉》（*Look Homeward, Angel*）裡的寫實感，實在令人嘆服。一座橫跨美國河流的鐵橋，火車開過上面時的隆隆作響聲，泥濘的堤岸，混濁的河水，水面泊著的褪色的平底船。這些記憶噴湧而出，自行成書了。他趴在巴黎陽臺的欄杆上向外看，突然想起了大西洋城，他的老家那裡，滿是過時的欄杆。而它們，好像馬上就在他手臂下面成形了，然後他絮叨著說起它們的長度、形狀、冷酷的生鐵質地……這個人的感情真多，像狂潮一樣，滿滿的，都漫出來了，文字都攔不住。

連演講稿裡都有這樣出彩的普魯斯特（Marcel Proust）式段落：「也可能是離開家鄉兩公里外的一間農村小屋。有些人在那裡等電車。我感覺到小折刀在木頭凳子上劃出的縮寫的人名。嗅到那令人激動的溫暖氣味。它是那樣濃郁，富有刺激性，充滿不為人所知的歡樂。電車駛過時的叮鈴聲，午後三點時，被太陽蒸熟的青草氣味，電車開走時空虛寂寞和離別的感覺。合成了矇朧的睡意。」

木頭椅子上的刀痕……突然想起《天使，望故鄉》裡，那個愛用刀的威蘭家族，家庭聚會時，每個成員都手持一把刀，言語不多，心機深沉，靠著壁爐，用指甲刀修指甲的是舅舅，因為這個姿勢讓他覺得最能掩藏心事。這個三兩筆素描就把人物定位的工夫，像海明威。

他做這兩個演講時，已經寫出了《天使，望故鄉》。他是一個鄉間石匠的兒子，從小就把文字視作雲端上的聖殿。他有著遠大的抱負。他在幻想、希望、不著邊際的極大渴望中創造了他的第一本書，還有讀者群。之前的三年，他的書，書裡的世界，那世界裡的人物、顏色和氣味，占據了他的全部生活。成名以後他覺得惶恐極了，跑回他租住的小屋裡，打量著自己的杯子，上面還有咖啡的殘痕，襯衫還沒洗，被子都沒有疊，看上去那麼無序和平庸，簡直配不上他剛剛贏得的名聲。這突如其來的極大榮譽，硬是把一個小螞蟻砸暈了。將來會怎麼樣呢？在好評如潮之後，是江郎才盡還是老而愈蔥？當想像中的一切都成了一望而知的事實地平線之後，目標反而模糊了。

薩依德（Edward Said）曾經說過：「我不敢看我寫下的東西，覺得羞恥。」張愛玲說：「我站在藍天下，被裁判著像一切的惶惑的未成年的人，困於過度的自誇與自鄙。」前兩天有個喊我阿姨的小女生寫信給我。掏心交流之後，那種交流又會讓自己噁心。而伍爾夫說：「這簡直是太矛盾了，我費盡心機寫一本震驚大家的書，可是這種暴露又讓我害怕。」

那種感覺很熟悉，年輕的時候，自我膨脹，覺得世界的注意力重心都在自己身上。渴望被解讀，之後又覺出暴露是件很不安全的事。

他毫不掩飾自己的功利心，他的強大寫作熱情，建築在他的征服欲上，「那不存在的、擬想中的讀者群，是我的寫作動力。」我想起我認識的一些文學青年，有的來自偏遠小鎮，有的來自農村，也是自恃有小才，不甘於人下，努力在寫著，想著有一天，重拳丟擲他們的作品，震撼文壇。較之於三毛「我寫作不過是為了娛樂自己，如果不小心娛樂了別人，那是意外」的脫俗，我覺得那種天真膚淺外露的企圖心，倒是更親切可愛些。

《天使，望故鄉》出版之後，激怒了伍爾夫的家鄉人，因為裡面有他們認為詆毀宗教的成分。他被淹沒在匿名信、詛咒、憤怒的暴風雨之中。他死後，他的故鄉卻以他為傲，連他父親的石匠大錘都特地造了紀念碑，鎮中心的雕像正是他的天使，微張著翅膀庇護的樣子。他死在巴爾的摩。在他生命後期，他向大學辭職，與情人斷絕往來，在紐約布魯克林的一個公寓裡住了下來，經過了 10 年井噴一樣的寫作後，撒手而去，死時只有 38 歲。在他逝世前，他反覆重複一句話：「你不能再回家。」

其實他一直都沒有離開過，在他的文字裡。

村上春樹的摩羯氣質及他的慢跑

人的體能和他的智慧模式，往往有奇怪的契合。作家和哲學家熱愛的健身方式，基本上都是散步、長跑或旅行。這些運動的共同點是：（一）單槍匹馬，不需要對手。（二）全程密閉，在身體保持勻速運作的時候，更能信馬由韁地思考。就像村上春樹在隨筆裡寫的那樣，種種思緒像不成形的雲絮一樣飄過，雲朵穿過天空，而天空留存 —— 這句話，在我看來是有禪意的。也就是說，他就是為了獲得雲朵之後的天空才跑步的，這個天空就是自制的、小巧玲瓏的空白。

村上是個摩羯座，這是個堅韌、低溫，而又有超強耐力的星座，長跑作為村上的生存隱喻，真是太匹配了。首先，它完全以自我為座標，沒有競技性，村上自 20 歲離開學校，最早是開酒吧，後來是旅居異國，自由寫作，根本沒有過紀律生活，他缺乏和人群的協調性，和任何人一較高下都不是他的興趣所在。長跑是以自身為參照物，與自己的體力、惰性為敵。其次，長跑以耐力勝，村上的寫作，自 29 歲始，至今已 30 年 —— 村上的長跑並不隨性，像大多數魔羯，他也屬於計畫性的工作狂：穿高價的平衡牌慢跑鞋，耿直地抓緊地面，細細畫好訓練曲線圖，在參賽前一週，讓自己度過疲勞極限，讓體能達到最高峰值，絕不讓肉體過於委屈，那樣會把儲備的體力本利全蝕。

摩羯的工作熱情，有濃濃的自律、淡淡的自虐，他們天生就要與安逸和滯重的惰性為敵，一定要在消耗中才能得到快感。村上寫到一次跑完馬拉松後的情景：「我終於坐在了地面上，用毛巾擦汗，盡興地喝水。

解開跑鞋的鞋帶，在周遭一片蒼茫暮色中，精心地做腳腕舒展運動……這是一個人的喜悅。體內那彷彿牢固的結釦的東西，正在一點點解開。」如同寫完長篇，擱筆，輕吐一口氣。呼。他一點點地拉長體能的極限，42 公里標準馬拉松，100 公里超級馬拉松，超越之後，興味轉淡，開始挑戰更為艱鉅的鐵人三項，同樣地，到 60 歲了，他還興致勃勃地期待著自己的下一部小說。

這套高效率、低能耗的長跑理念，可以全盤對位這個摩羯座男人的創作觀。每天上午，在腦力最明晰的清晨，寫下洗淨的字句；午休，寫點小隨筆健腦，晚上喝酒消遣，讓大腦做放鬆活動，像健美操的收梢處，不讓腦力透支。也和跑步一樣，文思就像身體，會有「文字憔悴」，一旦想像力和支撐它的體力之間的平衡瓦解，作者哪怕用類似餘熱的技巧，繼續把作品的邊緣打磨漂亮，也只能日暮途窮。

按說小說派別劃分，只有寫實派和現代派，但是村上的作品常感覺比較臨界，既不像真的，也不像假的。其實跑步是個絕妙的隱喻，就像他沿河慢跑，觀摩湖面解凍的冰凌、金髮姑娘揚起的辮梢一樣，村上作品的真實感，來源於情節的律動和自顧自地前行，而它的虛假得自它與人世的疏離。比如《世界末日與冷酷異境》中大雪紛飛中的圖書館，又比如《挪威的森林》裡，渡邊去找直子的聽爵士、自種蔬食的療養院。

摩羯總是有種隱忍的小溫柔 —— 有句話快把我看哭了，他寫自己每每受了非難就去跑步，心裡苦痛多一分，就多跑一里，物理性地丈量一下人的局限性。《重慶森林》裡金城武說：「失戀以後我開始練習跑步，把所有淚水都揮發成汗水。」 —— 很難想像村上或金城武去打撞球或是灌籃緩解創痛。那種內心深處的鹹苦，只能在無人處，一點點地厚顏舔舐，再緩釋。

所以《少女小漁》裡，與少女合謀騙綠卡的老男人，問她有什麼愛好，她會說:「I walk, because I have no money to do anything else.」(走路，因為我沒有錢做其他事。)她卻從不拖欠老男人的房租，老男人最終被小漁喚醒良知，重獲新生。嚴歌苓說替主角起小漁這個名字，是為了紀念人魚的獻祭精神，我相信她並非妄言。《少女小漁》的 MV 裡，小漁穿著江偉的大夾克，倔強地牽起一絲嘴角，唱著:「我從春天走來，你在秋天說要分開……想要問你敢不敢，像我這樣為愛痴狂。」她在海邊走著，唱著，小小的、單薄的身影漸行漸遠。

近半年來，傷心欲絕的時候，我就穿了白跑鞋，下樓去夜市蹓躂，買久久鴨脖的麻辣肫腸，和絕味、千里香眾品牌不同，久久的花椒比例特重，不僅辣，而且麻，辣只是刺激味蕾，麻簡直可以電擊毛孔，幾口囫圇下去，全身一哆嗦，腸胃微微痙攣一下，眼淚就順理成章地下來了 —— 我們可能是類似的內心質地，敏於思，訥於言，只能把傷害扭製成另外一種形狀的物事，跑步、走路，都是我們的容器。

卡夫卡（Franz Kafka）：一切因你而值得

對於卡夫卡，我看不懂他的小說，也看不下去箴言錄，只好看遊記（《卡夫卡遊記》）—— 像是骨感的劇情介紹，又像是關於夢囈的長鏡頭：每個字都是乾燥的，字與字對峙，詞與詞疏離，句與句之間是寬大的縫隙。每句話看起來都是廢話，合在一起卻有意外的意思，比如這個：「1912 年 7 月 1 日：放射型路口的花園房舍；在花房草叢中畫畫；背下了休憩椅上的詩句；摺疊床；睡覺；院子裡的鸚鵡喊著『格蕾特』；徒勞地去了一趟艾爾大街，因為她在那裡學縫紉；洗澡。」似乎也不是為了壓緊或節省文字，又不是為寫流水帳敷衍自己，只是文字疲勞 —— 如果文字也會疲勞的話。

但是寫到「她」的時候文字就會忽然密集起來，比如：「歌德故居，我想和她合影，看不到她，我準備過一會兒去接她。她的舉手投足都是微微顫抖的，只有有人對她說話時，她才動彈。要拍照了，我們坐在長椅上……晚上舞會大聲的喧譁，和她之間似乎沒有任何關聯，斷斷續續被打斷的交談。一會兒走得特別快，一會兒又特別慢。盡全力去掩飾這樣一件事 —— 『我們之間確實沒有任何關係』。」

哦，原來問題在這裡，文字的兩極，簡陋和瑣細，只是因為她 —— 除了她以外一切都是不值得的：生活不值得，花香不值得，舞會不值得，遊記不值得。她當然不愛他，不過也沒厭倦到拒絕他送上門來娛樂自己。他呢？我想他是愛的，可以比較一下後來他寫米蓮娜（Milena Jesenská）的段子，「我走進門去，她坐在桌邊，像個女傭，她是誰？我不關心，我馬上就接受了她的存在。」卡夫卡一直被喻作一塊透視困難的冰，他是，但是不只，他還是一架自照的 X 光機。就像鹽溶於水一樣，他接納了這個女人，她給他安全感，安全到第一眼就意識不到她了，就像我們對家人一樣。她是生來宜家宜室的 —— 他是要拿她做一個與家庭生活和解的契機嗎？

愛的證據恰恰是 —— 你無法克服她的存在感。所謂「寤寐無為，輾轉伏枕」 —— 就像遊記裡這個女人，像一隻壞牙擠壓著好牙，讓你的意識時時浮現出她的存在。這些地方，就是愛情或痛苦的開始，就會落實在文字的線索裡 —— 這部遊記裡埋伏著一個愛情的敗局，原來如此。但是我們終究是得不到解釋的，卡夫卡，這個法學博士，終身制的法律工作者，是因為職業習慣嗎？已經徹底厭倦詮釋了 —— 也不是，他已經把一切都詮釋成消極了，而且是在事情發生之前，就先驗地把它消解了。想想多可怕，一張絕望的網，張開在前方 —— 「目標倒有一個，道路全無一條，所謂路者，躊躇也。」我看他不是死於肺病，而是被他自己分泌出來的絕望毒死的。

海明威（Ernest Hemingway）：男人的情愫

〈告發〉（*The Denunciation*），收在《第五縱隊與前 49 故事》（*The Fifth Column and the First Forty-Nine Stories*）裡的一個小短篇，也就一萬多字吧。我得說，海明威的小說，就注意力而言，投入產出比真是低。一萬多字的東西，我看了一個晚上，始終聽不到心底的那聲「咔嗒」，我打不開它。偏偏我又是個偏執的人，所以一次次轉門鎖，先看的是馮亦代版本，百花文藝出版的，覺得隔著一層；又去找上海譯文蔡慧的版本，發現她的譯文更虛浮，離問題的核心更遠。後來我突然意識到，解題的關鍵不是文字，而是情愫，男人才懂得的那種情愫。我長不出喉結和鬍鬚，我也沒有刮鬍子或愛撫女體的手感，就像這類事一樣，海明威是我經驗之外的東西。至今我能看到讓心底「咔嗒」的海明威，大概也只有那篇繞指柔的《雨中的貓》（*Cat in the Rain*）。

還是先說這篇〈告發〉吧，故事很簡單，就是西班牙內戰時，海明威去一個酒吧喝酒，發現了一個法西斯分子，結果酒保來試探海明威的態度，是要告發還是怎麼？海明威的態度是「關卿鳥事」、「關我鳥事」。但是小說家的好奇心，大約是類似於化學家，他很想試驗一下在這個激變下，人性會有怎樣的易色，所以他給了這個酒保一個軍事機關的號碼，如我們所料，這個法西斯分子被抓了。這時的海明威，突然有一種難言的不適感，於是，他打電話給那個抓人的人說：「你們告訴他，是我檢舉的。」海明威說：「別讓他對那個酒吧失望，讓他恨我好了。」

我很想找一個男人去談這個小說，「你讀海明威嗎？」「你讀過《第五縱隊與前 49 故事》嗎？」「你讀過《告發》（*The Denunciation*）嗎？」我可以模糊地接近，可是我析不出，也無法把這種情愫結晶。海明威內心的不適，是什麼呢？是如馮亦代在跋裡寫的「強作正義，求心之所安」嗎？我覺得不是。他應該是覺得不潔，這個不潔，從哪裡來呢？因為他覺得自己檢舉這個男人，是原則的淪喪，關鍵在於，原則有大原則和小原則，正義在海明威心裡，也只是末事，他更崇尚的，是一種「硬漢」法則。

我依稀覺得，樞紐還是在開篇的部分，為什麼萬把字的小說裡，海明威要安插這麼重的一個頭，大概有一、兩千字都在寫人物活動其中的那個酒吧？而海明威這個人，用字極簡，實在不是個沉溺於景語、濫設情調的人，他就反覆地在那裡說啊，這是一個男人的酒吧，這是一個最好的酒吧，我們不需要娘兒們，我們不需要政治話題，我們有好酒，我們有朋友。這是一個小而逼仄的空間，像母體的羊水一樣，保護著每個在大環境裡失重的人。大環境是什麼？滿地被炮轟的碎玻璃碴，遍地的彈灰，時不時轟轟而至，如滾雷般的炮擊。

所以勇敢的、不怕死的、快樂的硬漢，都跑回這裡來消遣、娛樂自己了。每個人一進來，就覺得自己卸掉了大環境下的身分，只剩下「及時尋歡」的小我了，這個小我，應該是可以逃脫在大的秩序之外的。所以那個法西斯分子，在那麼高壓的政治空氣下，也大搖大擺地來了，因為他覺得，在酒吧預設的模式下，他是安全的。這裡沒有戰時的種種明亮逼人的敵我關係，而海明威就在那裡反覆地說：「這是一個勇敢的蠢人。」

但是海明威的字典裡，最大的一個詞，是不是「勇氣」呢？甚至高於「正義」？這個法西斯分子說起來也是他的朋友，輸錢從不言悔，打獵是把好手，戰時也敢來敵方的酒吧徘徊，他吻合海明威的「硬漢」標準。所以海明威深覺不潔，因為他參與了一件「出賣硬漢」的事。正因為此，他對酒吧「正義愛國」的行為，不認同且拒絕介入。他被馮亦代反覆批評為「冷漠」、「隔離」、「旁觀」，其實，實在是因為海明威要保護自己心底更高的原則。

他修補原則的方法是打了那個結尾處的電話，因為這樣他才可以對自己的行事準則、立身之道做個交代。被仇視的滋味，好過急遽萎縮的良好自我感覺。他愛極了他心中苦苦經營出來的那個硬漢形象，當他站在良心前面自省的時候，什麼也不能傷害他美好的印象。這個才是最重要的。

哈代（Thomas Hardy）：女結婚員

我和朋友談到哈代，我說我只喜歡《貝坦的婚姻》（*The Hand of Ethelberta: A Comedy in Chapters*），他震驚了！作為超級「哈代迷」，他居然沒有這本書！我感到他口水滴答起來，就繼續誘惑他，我說你看完這本書就知道：（一）哈代是英國人。（二）哈代是詩人。他的行文，是典型的英式冷幽默。朋友激憤了，說：「不可能，不可能！哈代是最溫情的！」那口氣像是我對哈代做了人身攻擊似的。

在《貝坦的婚姻》的前言裡，哈代就替讀者定位了閱讀模式：戲劇化的且是輕喜劇的分場景閱讀。他又反覆強調這篇文章是戲筆、練習曲性質的，簡直有推卸責任之嫌，那麼他的動機是什麼呢？難道是因為他是 19 世紀末期的作家，當時小說的閱聽人群，多是有閒的上流社會，他怕這本寫到階級衝突的書被理解成顛覆上層社會，進而得罪他的讀者群？總之，這本書被認為是哈代作品中最不哈代的一本，甚至被出版商拒絕出版。哈代，作為一個被定勢的作家，他的名字只能被置換成田園、溫情、反教會。

貝坦出身底層，是個僕人的女兒，在當時的社會環境中，尚未有透明和健全的競爭機制，你一輩子都只能附著在你出身的那個背景上。哪怕像貝坦這樣貌美多才也沒用，唯一顛覆這條死定理的方法，就是做「女結婚員」，在這裡，我把女結婚員定義為：以結婚作為謀生而不是謀

愛方式的人。比如貝坦，她 19 歲時成功地嫁了一次，不過事情就凍結在初始化狀態了，因為她的貴族丈夫很快就死了。她的婆婆「出於善心」，買斷了貝坦的再嫁權，作為交換條件，向她提供衣食和相應的社會地位。婆婆去世以後，貝坦並未分得預計的遺產，因此她只好繼續她女結婚員的職業生涯，本書即是記述了她的職場風波。

我和朋友大概交代了以上情節，朋友又開始質疑說：「這個題材也不像哈代，倒像是珍．奧斯汀（Jane Austen）。」後來我仔細地想了一下：珍．奧斯汀的好處，就在於她的一身俗骨——最好的小說往往是最生活化的，珍．奧斯汀是整個人，包括她的意識、感情、思路都浸泡在世俗裡，在她口語化的文章中，常常可以看到人物的年收入、嫁妝數目這些俗務。她的人物多是庸常氣質的鄉紳，她的譏諷力就作用於這個庸常氣質上。

而哈代身上，或是說他創造的人物貝坦身上，卻沒有這種渾然的氣質，他的人物是立足在一個臨界點上，向左看看勞工階層，再向右看看貴族階層。用哈代自己的話說就是：這本書是用僕人宿舍的視角去寫紳士的客廳。再說這本書的結構，雖然它有一些戲劇的外觀形式要素，比如說它的情節發展寄生於場景過渡，但是比較一下珍．奧斯汀的小說，比如《曼斯菲爾德莊園》（*Mansfield Park*），就能對比出，前者的戲劇化只是為故事撐開骨架，後者的戲劇化則是在皮肉之下。在珍．奧斯汀的小說裡，甚至用大量的動作連詞替換了主語，也就是說，它本身就具備了舞臺劇劇本的技術要件。

再說回貝坦，作為一個職業女結婚員，貝坦精於業務——她熟知男女關係的進退部署；兼工作敬業——她款款走來，溫柔的眼光呈扇狀掃射出去，她眼裡並沒有一個男人，可是她使每個男人都覺得她在看他；

這是一個處處布滿了計畫的女人，包括她自己的日常衣著、談話手勢、感情生活，甚至一個表情，都有著設計感，她甚至準備為自己設計一個貴族家譜，像純種馬的血統證書一樣，好讓她獲得與另外一匹純種馬交配的機會。

她的相容性強，適應面廣，每個人都可以在她身上找到相應的入口 —— 深有深的入口，淺有淺的入口，老男人被她少女般的清純打動，少男沉溺於她成熟婦人的醇味；在壞人眼中，她有好人的安全感；在好人眼中，她兼備壞人的娛樂性。結果就是：每個人在她這裡都可以各取所需，乘興而來，盡興而去 —— 像英國憲法一樣，她實際上的成功是由於她原則上的自相矛盾。

我試著把痛苦粗糙分類一下，則貝坦的痛苦是 —— 既然躋身上流社會是她唯一的人生目的，如遇到阻力，對她來說就是一種事業受挫的痛苦。如果把這種痛苦和包法利夫人的痛苦相比較的話，那麼貝坦的痛苦幾乎是男式的，所以她的解決方法也不可能是包法利式的 —— 帶著主觀的體溫去讀一本書，把自己代入書中的非日常環境及人物，享受意淫的快感，以間接經驗來安慰自己的深閨閒愁，實在不行，再去找一個婚外男人做調味品。

而貝坦的企圖心呢，必須靠一個社會地位卓越的男人來實現，這個人當然不可能是她的舊日情人朱利安。朱利安是這樣的，當他狂喜的時候，他臉上的表情是平靜；當他平靜的時候，他臉上的表情是憂鬱。一句話：這是個內外溫差極大的男人，與此相應的，是他英式教養的表皮下，被這種教養弱化掉的行動力 —— 他是一個沒落貴族，既沒有勞工階層粗莽的行動力，也恥於用個人努力回歸貴族階層。在貝坦看來，朱利安的愛只是一個單薄的意向，他沒有高於這個意向的行動力去實踐它，

這意味著，如果她與他結合，那麼她得同時供養雙方的生活和感情。根據「可憐即可愛」的原理，女人可以用展現弱勢賺取男人的同情，可是男人的弱勢，相形之下就不那麼可愛了。

和朱利安呈扇狀等距離分布在貝坦周圍的，還有女結婚員的另外兩個客戶：奈依和拉迪威爾。奈依是個理念成熟的男人，體系堅實，無法滲透，在這個結實的體系上，覆蓋著厚厚的、社會經驗的油膩層；他生活在青春的隔牆、理性的世界裡，帶著經驗的腐臭味道。貝坦是這樣的，即使她奔走的終點始終不外乎是個男人，她也需要一個詩意的過程。她對上流社會的嚮往，不僅是物質意義上的，更是審美意義上的，即與之配套的精神生活和精緻趣味。而奈依卻是個節約一切戀愛成本（包括裝飾性的情話、示愛的動作、常規的求婚程序）直奔戀愛結果——結婚的人。他是這樣：即使他的眼睛裡有一點微溫的愛意，也被他身體的其他部分撲滅了。他的吝於示愛使他顯得感情貧瘠，缺乏支持長線發展的資源，以至最終敗北。

而拉迪威爾則恰恰相反，他是個畫家，情緒配置引數高，情緒流量大過常人。喜怒皆形於色，性格不成熟，就像大多數這類人一樣，渴望波瀾壯闊的生活，他是每時每刻都處於一種動態之中，他從不與自身的體系同步，任何新鮮觀點的出現，都可以把他的平靜拉開一個大口子。貝坦大概是覺得「妾為藤蘿，願托喬木」，所以連瞬間失重都沒有，就把這株飄搖的草本植物淘汰出局了。最後，當貝坦的家庭出身被揭穿，不能再混跡上層社會以後，她倉促地嫁給了一個老邁的貴族，哈代總算和他鋒利的主題和解了，故事也算有了個喜劇式的尾巴，我不知怎麼想起張岱的《夜航船》裡記載的一個偏方：擱久了的陳年珍珠會褪色，清洗它的方法就是把它裹在菜糰子裡餵狗，然後在狗的糞便裡，就可以清洗出一顆潔淨的珍珠。貝坦的婚姻也類似：雖然有個光明的結果，過程卻甚可怖。對貝坦而言，她要得到美，就得經過醜，她要像隻鴿子般善良和純潔，就得用毒蛇般的心計去維持。也許，就某個角度而言，她確實是純潔的，譬如：她從未對一個男人說過「我愛你」，當「愛」只是一種謀生方式的外殼，當「你」只是任一謀生對象的時候，「我愛你」不過是一個變數疊加而成的騙局，所以她不說，也唯因如此，這就變成更深一層的悲劇了。

納博科夫（Vladimir Nabokov）的眼睛，內米洛夫斯基（Irene Nemirovsky）的手

納博科夫的《眼睛》（*The Eye*），不知道怎麼被上海譯文做成單行本了，只是一個小長篇的篇幅啊！查了下年表，這篇成文時間是在《瑪麗》（*Mary*）之後，《塞巴斯蒂安．奈特的真實生活》（*The Real Life of Sebastian Knight*）之前。心裡掂量了下，差不多應該就是這個次序。

玩的技術是什麼呢？就是讓手退場。這是納博科夫最重要的創作理念：只剩下「在場的眼睛」。一開始，小說是以「我」的視角為支點的，「我」是一個十月革命後，流亡柏林的舊俄難民，愛上了一個富商的留守太太，被察覺後遭富商暴打，萌生死念。自殺未遂之後，「我」看破紅塵，只剩下一雙閱世的「眼睛」。特別要注意第 21 頁的那句話：「對我而言，這是一個新生的開端，至於自己嘛，我只是個旁觀者。」再然後，情節轉場，出現了萬尼亞一家人，還有他們的家庭聚會。

從此，情節都由一個叫「斯穆羅夫」的人承包了。隨後「我」又時時出場，並費盡心思想知道萬尼亞等人對斯穆羅夫的看法，這就是「眼睛」的寓意 —— 可憐的斯穆羅夫的存在，僅限於他在別人的頭腦裡的反映。一大半的情節便是為此而設的，「我」所做的事便是窺探別人頭腦裡的「斯穆羅夫」。在最後，斯穆羅夫被萬尼亞拒絕後，意圖對萬尼亞不軌但未遂，離去時得到了最後一位，也就是萬尼亞的戀人 —— 穆欣的看法：「我從來沒有想到你是這麼一個大渾蛋。」此時，所有的謎團都浮出了水面，「我」即是斯穆羅夫。

謎底破解以後，再回頭看一遍小說，覺得搞笑得要死。比如斯穆羅夫這個人，在不同的「眼睛」裡有幾個版本，全知視角說他「偶爾說句笑話，就在沉悶的聚會中推開暗門，吹進清新的小風。優雅的子音餘韻，意味他高貴的出身……」哈哈，當知道第一人稱的「我」就是斯穆羅夫本人之後，才明瞭這不過是他的自戀自賞而已。

寡言不合群的人，可供外圍解讀的引數比較少，總是容易被誤讀。在閱歷不深、間接經驗也只限於通俗小說的萬尼亞眼中，文青氣質、憂鬱少言的斯穆羅夫「很善良，太善良了，非常愛每一個人，所以總是荒唐又迷人」。而飽經世事、老於世故的穆欣，則一眼看破了斯穆羅夫為自己編排的華麗軍旅傳奇，知道他的酷，不外是羞澀膽怯加經歷蒼白。精於算計的商人赫魯雪夫（很明顯，叫赫魯雪夫，是為了揶揄紅色政權。納博科夫的小心眼，讓我哭笑不得。他總是不忘譏諷布爾什維克、暴發戶、通靈術、猶太人、德國人和佛洛伊德學派）只看見斯穆羅夫領帶上的洞，就認定他窮困窘迫，是個賊。

和平主義者瑪麗亞娜，片刻不忘彰顯自己的道德優勢，不容對方辯駁，就把斯穆羅夫說成一個「殺人不眨眼的白匪」。精神分析學擁簇者羅曼，時時都在尋找下手分析的材料，他寫信告訴遠方的朋友，說斯穆羅夫是性別倒錯。書店老闆，猶太人施拖克，是個被迫害妄想症患者，他寡淡日常的唯一調味料，就是滋養自己的疑心病，他覺得把人生活成愛倫坡（Edgar Allan Poe）的恐怖小說才帶勁……哈哈，他說斯穆羅夫是隱藏的特務。

真實的形象是不存在的。存在的，不過是對映他的千萬面鏡子。多認識一個人，幻象就多繁殖出一個母本，然後繼續增殖，像頑強的寄生

物一樣四處蔓延。那句話怎麼說的？當你活成了一個錘子，你看誰都像釘子。人總是喜歡替自己的幻象找個下家。

其實，後來納博科夫寫的《塞巴斯蒂安．奈特的真實生活》（*The Real Life of Sebastian Knight*），也是透過好幾個人的眼睛，正面的、褒義的、貶斥的各類視角，去拼湊、還原一個人。別忘記納博科夫是個文體實驗家，所以他把這個爛俗的愛情故事，放進了一個偵探小說裡來寫，先是蒐集了很多人對塞巴斯蒂安的印象版本，然後讓讀者像偵探斷案一樣，自己推理剝離出一個塞巴斯蒂安。這個《眼睛》，不妨看作抵達《塞巴斯蒂安．奈特的真實生活》之前的小練習。

最好的寫實小說家，都是眼睛型的，比如托爾斯泰、契訶夫。控制力稍差，就有點動手動腳，我每次看內米洛夫斯基的小說都提心吊膽的——她討厭她媽，還仇視農民，對貧苦階層不信任，有敵意，一寫到他們，她的筆法就降溫了。她寫她媽眼睛裡的慾望、開得很低的領口，都讓我覺得有點不潔，她始終念念不忘：這是個蕩婦，毀了她的童年。

那天和他們吃飯，說到小說技術的問題。保羅．奧斯特（Paul Auster）自然是玩技術，但是他那個結構，一看就是精心雕琢的，多少還是留下痕跡；瑞蒙．卡佛（Raymond Carver）的技術就更熟練，幾乎是大化無形。我說：「100 個小說家裡，有 1 個是天才，剩下的 99 個都是技術工人。」當達文西（Leonardo da Vinci）畫了成千上萬個雞蛋以後，他閉著眼睛畫個圓圈，也是技術；莒哈絲寫《情人》，外行看就是一個人內心的律動，但是寫小說的人，比如王小波，一眼就能看出那是精心編排過的。這裡有個悖論，就是：即使是真實的感情，也要有很好的技術，才能把它表達到位。朋友說：「19 世紀就比較流行全知視角，因為那時人的思考惰性很強，接收訊息也比較老實。現在的讀者口味刁得很，非得寫成偵探小說一樣，一點點餵給他們，吊他們的胃口才行。」我發現還是「挖井型」作家比較愛玩技術，也是因為題材局限，像納博科夫，很明顯，他對政治很排斥，對世情也冷淡，交際面也不是很廣，如果依賴情節，他就太窄了 —— 就好像手頭只有胡蘿蔔和青菜的廚師，只好在裝盤、配色、刀工和調味上下苦功了。

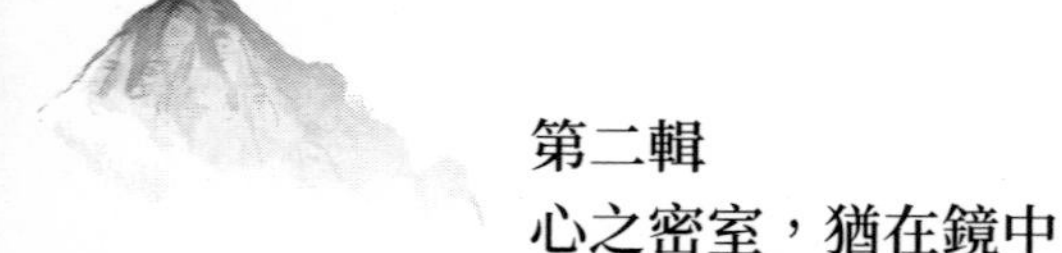

柏格曼（Ingmar Bergman）：心之密室，猶在鏡中

夜來，餘冷尚存，擁著被子看柏格曼的《魔燈》（*Laterna Magica*）—— 那個北歐電影哲人的自傳。這次是復讀，上次讀這本書還是上學的時候。電影人寫的書，安東尼奧尼（Michelangelo Antonioni）那本是我的聖書，反覆咀嚼了好幾遍；費里尼（Federico Fellini）那本有部分章節喜歡，不喜歡塔可夫斯基（Andrei Tarkovsky）和雷諾瓦（Pierre-Auguste Renoir）—— 我是就敘事技術和閱讀快感而言。我對人幾乎沒有本體論意義上的好奇心，我對他們的好壞也沒興趣，以好壞替人分類也未免太粗糙，最好的人也有惡因子，遇到合適的觸媒則適時發作，或是終生潛伏。人是有相容性的。

所以像《歲月與性情》那種書打動不了我，我疑心那是技術性的抒情，布局和導向性很明顯 —— 不過我倒是被這本書打動的人感動了 —— 齊齊是喜歡這本書的，她有時會誤解別人的立意，可是這點誤解是她最可愛的地方：她質疑生活，然後又去結結實實地生活，她沒有那麼細膩的自憐 —— 恰恰是她身上這種粗糙的信心打動了我。柏格曼筆下的第三任太太甘恩（Gun Hagberg）就是這種類型的女人，他寫她的文字算是禮遇了。

一本意識流結構的書，這個讓我有點警覺：相對於樸素的線性敘事，意識流往往會變成一個情節化、操作性的「濾鏡」。所幸每個時間單元都有完整的事件，也有蔓生的細節，所以看起來並不顛簸。他出生在一個牧師家庭，這種附著於宗教組織的家庭生活，就像是聚光燈下的一個淺淺的盤子，所有的細節都會被放大。所以他們必須過那種榜樣生活，說那種義務性的對話。以至於柏格曼 6 歲就立志要做個偽君子，他想這是最高效能的應付圍觀的方法。柏格曼家族的象徵性表情就是那種低溫的非交流狀態，翻譯成口頭語言就是：不要碰我，不要接近我，請不要理解我，我是柏格曼，看在上帝的份上，離我遠點。

柏格曼的父親是個路德派牧師，常常騎單車帶柏格曼到鄉間傳道，這些後來都成為柏格曼電影中的傳記性因素。父親是個有暴力傾向的焦慮症患者，柏格曼本人亦是，兩人長期有精神層面上的衝突，後來甚至發展到武力相對。老柏格曼臨死時，在病榻上向兒子道歉：「請原諒，我不是個好父親。」兒子毫不留情地反詰道：「什麼好父親，你根本不配做個父親。」在柏格曼看來，與其廉價地用諒解換取諒解，不如保持原生態的仇恨，至死兩人都沒有和解。仇恨，唯有仇恨，才能和被毀掉的童年達成妥協。這種傾斜的家庭結構往往容易出產暴君、極權人格者或偉大的藝術家。就破壞力的範圍而言，柏格曼有幸成為後者。父子衝突也成為柏格曼電影中通用的母題。柏格曼自己也說：「拍電影就是躍入我童年的深淵。」

他沉默寡言，幾近失語，他害怕語言，他最喜歡用的一個詞是「無」，因為他覺得這是個最值得信任的、沒有確定性的詞，成年之後他拍了一部電影叫做《假面》（*Persona*），裡面就有一個女人因為厭惡語言的不潔而拒絕說話。他也怕他的爸爸、媽媽、哥哥 —— 害怕一切，他通往現實的唯一路徑就是一套木偶劇玩具和一個投影機器，他把它稱為「魔燈」。每次爸爸為了懲罰他把他關進漆黑的壁櫥時，他就偷偷開

啟這盞投影燈，那種滅頂的恐懼一下子就被撲滅了。那是他唯一獲救的方式。

在少年柏格曼看來，所有的東西之間都有一種凝結的秩序，而通往自由的門卻是緊閉的，他的成長期，就是在這個緊閉的門前苦苦地等待，等他終於穿越了這個保守積澱層，以心智突破重圍時，他的感覺已經變硬，那個成年地帶是個萬劫不復之地。在禁慾的家庭氛圍中，他對性自然是一無所知的，也沒有好奇心，他的性啟蒙者是一個中年寡婦，她在浴缸裡讓他第一次勃起。甦醒的性慾像一聲響雷般轟擊了他，慾念開始盤旋，於是就有了手淫。一種近乎強迫症般的、痛苦的快感。

他變得沉默寡言，口吃、咬指甲、結巴、內向、孱弱，生活幾乎令他窒息而死。他的第一個肉體情人叫安娜，是一個胖乎乎的傻女孩。他直言他不愛她，他不愛任何人。當《假面》裡的那個女人說：「我不愛我的孩子，我只能拒絕他們，這樣才能保護自己，絕望地捍衛自己，因為我無法回報他們的愛，我討厭笨拙地去偽裝成愛他們的樣子。」我覺得這個女人是在代言柏格曼。柏格曼有五任妻子、九個孩子，其中的一些他甚至不認識。他探視他們，撫養他們，但他直言他不愛他們。我想他一定是個理念上有潔癖的人。他不願意模糊地界定愛。

他說到他的第一次婚姻：「我讓一個女人懷了孕，我只好和她結婚，結婚的前夜我逃走了，後來又跑回來了。」只有四句話。而他可以用大段大段的章節去記述他的一部戲。他寫到他的幾次婚姻，總是說，關於此事的細節，請參照我的哪部哪部戲。他愛電影勝於一切，他的生活似乎只是為了為電影做經驗儲備。對他來說，「家庭」、「妻子」、「小孩」都是虛詞，他也排斥「安全感」、「秩序」、「日常生活」這些現實要件，他一直說電影是我奢侈的情人，戲劇是我忠實的妻子，他根本就沒有為女人留下感情空間。他的後幾任太太幾乎都曾經是他的婚外情對象，排戲時，人和人在感情上是裸體相向的，那是一種很性感的氛圍，人在其中很容易陷入外遇。而這些浸泡在戲劇氛圍中的女人，一旦上了現實的岸，就立刻被他擱淺了。在他看來，與她們的關係只是抒情的肉慾罷了。

他和第三任太太甘恩，在他們解除各自的婚姻之前曾經長期地通姦。他們一起跑到巴黎去，吃了不乾淨的海鮮，兩個人腸胃都不好，於是上吐下瀉。為了不破壞戀愛的色香味，不敢用房間內的廁所，只好提著褲子跑到走廊盡頭去用公用廁所，然後，回來繼續做愛。這種剔掉生活雜質的愛情自然是脆弱的，它又結束於柏格曼的下一次外遇。可是，幾十年後，柏格曼說起這個女人，他甚至對這個女人用了「愛」這個字，只對她。

他有發達的感知體系，但他從來不輕易啟動感情，他的感情都收藏在一個密室之內，當他回憶一件事時，他有纖毫畢現的情緒記憶，但他無法複製感情。這又是一處理念的潔癖，感情之所以為感情，恰恰在於它的不可預期和不可複製，能夠複製的絕不是感情。生活是個偶然的網絡，沒有道路意識，愛情附著其上，必然也是易碎的，這種對碎片的珍惜，我們可以把它看作更廣義的愛情。柏格曼的潔癖就在於：他不把這種對碎片的珍惜等同於愛。

他是個極端的自我主義者，這一點，他根本就無意掩飾，他的自我就是他的行為定位系統，最重要的是，他不自憐。一個人自憐過度必然會導向邏輯暴力，很多人的命運悲劇只是因為：他們是極端的自我主義者，可是自憐使他們認為自己是全然無辜的，反正不是環境對不起他，就是命運對不起他，再不就是周圍的人負他，誰要是和他共同參與一件

事，誰就必然是責任方，就得承受他血淚斑斑的控訴和錚錚的仇視，這真讓人疲勞，我討厭捨不得分析自己的人。對我而言，自知簡直是一種至高的道德。

如果用兩個意象來定位這本書，我想那就是：密室和鏡，前者意味著封閉、高度個人化的空間；後者則是直白、探視的光源及事實的成形。這兩個詞在本書中達成了和解——心之密室，猶在鏡中。6 歲的時候，柏格曼立志要做個偽君子，如果他不寫這本書，我看他幾乎就成功了。

費里尼（Federico Fellini）筆記

來記點費里尼的筆記。費里尼？對了，就是那個義大利鬼才導演。先說關鍵詞吧，第一個是「家鄉」：居移氣，養移體，不一樣的地脈自能養育出不一樣的人文 —— 費里尼來自里米尼，那是亞平寧山脈掩映下的一個小村落，當時完全沒有被工業文明催熟過，一入夜則進入中世紀般昏黑悶重的靜謐。海水暗中澎湃，大霧抹殺一切，漁火勾勒出湮遠的海岸線，沒有電視，電影院在好幾里之外，歌劇院常年歇業。文化生活可謂是寸草不生。

精神上沒有營養源就算了，偏偏費里尼的成長期，是在 1930 年代末、1940 年代初，也就是二戰法西斯當政的年代，全民備戰，美化武功，神化「戰爭」、「英雄主義」，這些詞連同「政治」、「綱領」、「集團」、「結社」、「政黨」在內，後來都成了費里尼詞庫裡的貶義詞、冷感詞。他的爸爸被法西斯暴徒暴打過，他自己則差點被校長踢斷脊椎，他反抗的方式是非常蒼白和微弱的，比如集會時故意依次漏穿制服中的一件，這次是長筒靴，下次是無邊帽，直到他發現自己會無師自通地畫漫畫，他用孩童漫畫式的變形，去反抗周遭的成年人：修女長著氣球般的、沉甸甸的乳房，壞老師長著皮諾丘（Pinocchio）式的大鼻子。後來他的導演思路也是靠漫畫闡釋的，他先畫出他想像中的人物，然後才和服裝、美術、技術人員開始圍繞這個人物周圍的空白地帶設計場景和故事，我看他的電影，老有種與現實錯位的失重感，不曉得是不是緣於此。

他讓我想起少年魯迅，後者小時候常常被一個叫八斤的大孩子欺負，一是體力上處於劣勢，二是家教森然，魯迅滿腔激憤。有一天，魯迅的爹巡檢孩子的房間，結果在床墊下面發現一沓漫畫，上面草草畫了一個禿頭小人，身邊放利箭一枝，上書「射死八斤」。魯迅後半生的口誅筆伐，我看也就是在「射死八斤」的延長線上。我覺得魯迅的處女作既不是《狂人日記》，也不是他在東京的譯作，而是「射死八斤」。一個孱弱又偏激的孩子，根據抗暴的途徑不同，或是訴諸筆墨，或是隱身聲色，分別成為作家、漫畫家、電影導演等等。魯迅成了前者，而費里尼成了後者。

到底是什麼讓這個見了生人都會臉紅的孩子，成了掛著三個麥克風、五個口哨，手執導演筒，在黑壓壓的人頭之上，指揮千軍萬馬的大導演呢？可能是因為他太會說故事了，費里尼此人，如果非要用一個詞形容他的話，我覺得是「說謊者」，他存活於這個冷硬世界的方式，就是活在虛擬層面上。他說的第一句話是正史，第二句肯定就是戲說，第三句肯定就是大話。他的敘事技術我看比大多數小說家都強，就像日本時尚設計師高田賢三能把一塊光滑的布料平攤在人體上直接裁衣一樣，費里尼說故事也是過場圓熟，毫無接縫，渾然天成。他說故事的筆法，就是把這個人物描述成他自己的漫畫，寥寥數筆，擇其凸凹，放大得當，神采即出。

費里尼的第二個關鍵詞是「母性」。說起來義大利是個盛產母性圖騰的國度：比如文藝復興的聖母像，戰時的「羅馬媽媽」、烈女之類，但是在費里尼的字典裡，「母親」是缺席的。他幾乎從未提及過這個女人，他常常用的詞是「母性」。而代言母性的居然是「妓女」！母親生養我們，哺育我們，而妓女則是青春期最初的性啟蒙者，從這個意義上來說，母親和妓女對他同樣是恩同再造 —— 嘿嘿，別噓我，我只是在貼緊費里尼的思考曲線。

他總是溫情脈脈地回憶著那些妓女，有一個叫「小金魚」的，因為只要給她幾條魚就能與她魚水共歡。甚至對孩子她也平視，一毛錢可以看屁股，兩毛錢加上性感的扭擺動作，四毛錢是下身，她母式的豐盈身材、溫馴的迎合、無垠的獸性、催人淚下的甜蜜愛撫，對一個生活在閉塞鄉間的清教徒家庭、每週一次要去教堂高聲懺悔滌清罪惡的孩子、一個在話語高壓的騙局中長大的孩子，肉慾也許是唯一誠實的東西。

費里尼總讓我想起《真愛伴我行》（*Malèna*）裡的那個孩子，也是戰時的義大利，也是一個孱弱白皙、肋骨森森、在夏天從不敢穿泳衣的膽怯孩子；也有在亂世裡靠出賣肉體為生的墮落女性，用她熟而微醺的、熱帶水果般的肉體，滋養著一個被神父、教堂、清教徒家庭、制式教育壓扁的，飢渴於性和生活的小男孩。費里尼和那個小男孩一樣，躲在建築物的陰影裡，等著那些成年女人做完彌撒出來 —— 哈哈，看，她們一窩蜂出來了！腳踏車坐墊上、橫槓上、後座上……四面八方，全義大利最漂亮的屁股像鮮花一樣盛開，一直開到了幾十年後費里尼的電影裡。鏡頭的角落裡都充滿了碩大、豐美的女體，像飢餓之後的過度飽食。

我寫每一個人的時候其實都在思考：這個人，他得以成立的樞紐是什麼？我找到了費里尼的樞紐，他像所有騙局中長大的孩子一樣，走到對立面去，徹底成為懷疑論者，像中國的王小波、王朔也是同理，用近乎無厘頭的黑色幽默，在廢墟上艱難地重建。他嗤笑中產階級華麗的無知，「他們在城堡裡養了 1,000 隻羊，然後僱了農民來數牠，哈哈。」他嗤笑宗教的救贖騙局，因此費里尼的名字，曾經被貼上教堂的大字報。他鏡頭裡的世界，活像馬戲團：混亂、無序、顛倒一切。啊，差點忘了

費里尼詞庫裡的樞紐詞彙：馬戲小丑。

是什麼拯救了這個痛恨身體暴力、敵視戰爭和流血的孩子？啊，是馬戲小丑。這是費里尼褒義詞單上的頭牌。他關於馬戲團最初的記憶是一個神奇的早晨，像是天外神祕飛行物一樣，一個五彩繽紛的馬戲團帳篷，降落在這個孩子的家門口。他第一次走進那潮溼沉靜又生機盎然的所在時，內心便湧起山鳴谷應般的大迴響，圓拱棚下的火圈，馬匹在繞場時的嘶叫，訓練員的「嘶嘶」的口哨聲，啊，還有馬戲小丑，小丑們用溼漉漉的大眼睛看著他，使他覺得自己是他們之中的一分子。

也許這是他選擇導演工作的隱性理由，馬戲團生活和導演工作很有相通之處：一些不同背景的人，技術人員、美術、演員、燈光、化妝，組成一個臨時的團體，過流動性的、輪子上的生活。每天附著在不同的外景上表演，爭吵，糾紛，協調，漫無秩序，緩慢地朝著一個目標出發，最後奇蹟般地實現了預期。如果要他選擇一個最看重的特質，他會說是「天真」，而只有在未經智性催熟的孩子、弱智者、馬戲小丑、妓女、底層的矇昧大眾身上，天真才得以保存，這也是他片中投以善意目光的人群。他自己，始終固執地不願意長大，17 歲以後每當別人問他的年紀，他都目光迷離地說：「不記得了。」哈哈，多麼無辜的謊言。

黑澤明：
舌頭的力量

我在看的書是黑澤明的自傳《蛤蟆的油》（*Gama no Abura: Jiden no Yō na Mono*）。「蛤蟆的油」是個日本民間傳說：蛤蟆被抓到鏡子前，審視自己從未見過的醜模樣，暴嚇出一身油來，這毒油可以治病療傷。黑澤明的寓意大概是：撫今追昔，對自己的性格加以盤點和清算，順勢爬梳一下成因和肌理，藉以自觀，並以示來人。文字靜而無波，瑣細中見趣味，有點日式隨筆《枕草子》（*Makura no Sōshi*）的遺韻。不重在敘事的掌中物，而在於把玩的手勢。平直來去的小句子，幾個紮成一束，一件事就成形了。這種溫情餘波的軟筆法，最適合寫童年回憶錄和舊日風情圖，所以我覺得，本書最可觀的是前兩章。

黑澤明是畫家出身的導演，他的回憶錄，哦，不對，是他的回憶本身，就可以直接入畫。開篇有點像在讀達利（Salvador Dalí）和布紐爾（Luis Buñuel），都是由極幼年的畫面順勢切入（達利是出生前，呵呵，那是超現實畫家的戲筆了）。黑澤明的 1 歲：在澡盆中徜徉戲水，煤油燈在頭頂灼灼照人，從水中滑出的潤滑質感，非常水淋淋的鮮活回憶，一點都不像被壓扁、失去真氣的乾花，光、影、色、形都還原得非常到位。有一種說法，我模糊地記得是：一個人的智力的某個衡量係數，就是看他的童年溯源能力，記憶的起點越早，細節對焦越清晰，這個人的智力就越高。這個，不知道可不可以用在黑澤明身上。

黑澤明是一個神經非常纖細的小孩，這根神經纖細到什麼地步？稍微強烈的視覺衝擊，都可以把它彈撥出一個很大的動靜，比如，看到火車軌道上被橫軋過的一隻白狗，可以讓他 30 年不敢吃帶血的生魚片。可是，這根纖細的神經，卻有極強的韌性：這個腕力幼弱、連伏地挺身都做不了的小男孩，為了鍛鍊自己的體魄，卻能在每天天還沒亮的時候就出門（冬日結霜時猶如此），踩著木屐，跋涉數個小時，在沒有暖氣裝置的道場裡，穿著單薄的道服，和體力數倍於他的劍客對陣。數年如一日，不論寒暑，從不間斷。

但是在這個人的堅韌裡，我覺得有種女式的東西。怎麼說呢？他是家中的幼子，自幼的玩伴就是三個姐姐，手邊的玩具就是沙包和小玩偶，他本來就是在一個陰性的氛圍中長大的。這個我拿他的小哥哥和他對比一下，可以高效能地析出兩人堅韌的不同質感。他們有類似的性格配置，比如：同樣不臣服於大正年間刻板高壓的制式教育，哥哥的反抗是退學，他卻是恭謹如昔；同樣都害怕血色慘境，比如大地震和火災，都本能地心生寒氣，哥哥的禦寒術是近距離觀摩事發場景、屍體叢生的慘地，而他卻是躲進綠意尚存的小森林，做深呼吸；同樣是理念上有潔癖的人，在戰時的蕭條頹靡中，哥哥在 27 歲的盛年自殺了，因為覺得人生不過是墳墓上的空舞，他又是個行動一定要恪行於理論的清潔之人，黑澤明卻活下來了。濡潤的東西，沒有和外界對抗的消耗，有時反而會保留更大的彈性和韌性。保留更多的趨光性、更多的鬆弛心境，去欣賞雲朵掠過邊城，花兒依序開放，鳥聲漸次響起，山野間炊煙飄散。這兩個人，真像牙齒和舌頭的故事。

紀德（André Gide）和榮格（Carl Jung）

有時一個人的成長，會在身體語言上落下痕跡。看紀德小時候的照片，俯在他媽媽膝蓋上，眼角垂落，非常憂鬱。少年時的照片，是視線故意錯開鏡頭，投向湮遠的地平線，成年以後，視角才突然開始直逼鏡頭，嘴角緊閉成一道刀鋒般的薄與利，隨時準備發難的樣子。那時候他那個專制的媽媽已經過世了，他的隱性自我才得以釋放，躍出黑暗的水面。

傳記的開場像老電影，攝影機平穩而緩慢地拉出一個鏡頭，一個5歲的孩子在陽臺上放紙龍。風很大，陽臺很高，紙龍被風吹走了，越過盧森堡公園鬱鬱沉沉的樹頂，越過冬日靜而無波的湖面，遠了，更遠了……有點發黃的、隱隱的焦慮和惘然，又被孩子的清新世界觀給緩解了，這個複合底色，就是這本傳記的基色。

他一輩子都沒有離開過這個童稚的陽臺，是的，我確定他沒有介入過生活，他是個出色的旁觀者。他並不冷血，事實上他很有同情心，當他去參觀貧民窟、窯子、礦井時，缺邊的盤子端出來的粗糙飯食，接客接得子宮脫垂的煙花女，內衣也要合穿的窮人家的女孩子，會讓他流眼淚，就像北非的風笛、壯美的日落、肌膚嫩滑的阿拉伯美少年……一切振幅大於日常生活的戲劇化情節，都會讓他落淚一樣。事不關己的貧窮對他來說，也就是一種異國風情。

不，我沒有任何譴責他的意思，相反，如果我誇大了他的同情心，

把它等同於愛，那我就是把他從那個時代上拔脫了。任何一個人的認知高度都不可能不根植於他的時代，在紀德的時代，有很多窮人家的女孩子守在夜色下的村口，等著和一個陌生人性交，這樣她們就有機會懷孕，然後生產，然後把孩子拋到育嬰堂，自己去做貴族家的奶媽——奶媽的地位高於一般的僕傭。而這種慘事，大家都覺得理所當然，參照一下那個年代對貧窮和非人道的預設值，紀德盛大的同情心也就約等於愛吧。

紀德的自傳，老實說，我讀的時候是很警覺的，不出 20 頁就能看出：這是個非常神經質的、樂於把玩自我的人。這種神經末端特別纖細的人，都會把小事放大，他提供的資訊，我並不是完全信任，必須重新壓縮、辨識和整合處理，後來又找了克洛德 · 馬丹（Claude Martin）的《紀德》和皮埃爾 · 勒巴普（Pierre Lepape）的《紀德傳》來看，發現它們也就是從這本自傳中衍生出的資料，雖然譯筆要平順服帖很多。然而人真是有適應力的，諸如這種「我對他，不理解非常深，不妥協非常劇烈」的句子，句式都不平順的譯筆，幾頁紙後我也只好妥協了。紀德非常樂於把玩的一個情結是：他的雙重根系，以及由此而生的失根感。他父母分別是新教徒和天主教徒，來自不同的省分，他出生於 11 月 22 日，天蠍宮和射手宮的交接處，紀德用此解釋自己性格分裂的成因。對此我不能苟同，我覺得他的分裂更多源於他的精神官能症，而不是這種神祕化的超驗背景。

他體內也有個隱性自我，他把這個隱性自我叫做「第二現實」，他這個隱性自我的發育期約莫始於他 10 歲時，比榮格略晚一點，榮格的隱性自我的出現是在 6 歲前後，他成年後把它命名為「第二人格」。這也是榮格精神分析體系中的一個重要術語。這個隱性自我在書的開端就露面了，紀德小時候的玩伴是個門房的兒子，他們帶著玩具躲在一張鋪了桌布的大桌子下面，把玩具搖得劈啪響，哈哈，不是調皮，是為了掩人耳目，他們在做什麼呢？他們在各自手淫。那時紀德只有 5 歲，這是他到老都記得的、生命原初的快樂。

這本自傳也是一個人和隱性自我的戰鬥史。他的第一自我，是個清教徒家庭出身、對一切都沒有自主性的社會人，包括買什麼顏色和質地的衣服，去哪裡旅行，甚至讀一本詩集，都得被他媽媽稽核過。這個社會秩序的代言人，也就是他第一人格的管理者，就是他媽媽。他媽媽很專制嗎？從表象看是這樣，在我看來她不過是個自我太單薄以至於淪為介質的可憐人，她從不敢獨奏鋼琴，雖然她彈得很好，她也不敢不參照評論就去看一部戲，她從不看原創作品，她只看評論，一句話：她必須讓自己的聲音被主流社會溶解。她的從屬性使她總想依賴什麼，丈夫是個深鎖書房的、躲在人群背後的書生，並不是喬木屬，她的安全感是和主流社會同步同振同底色，她不敢讓兒子吃穿用住有任何超出這個平均數的地方，我想，其實這是她保護他的方式。如果紀德的第一自我和第二自我的揉合力強一點，那麼他可以活成「外圓內方」型的社會人。

可是紀德的敏感係數遠遠高於一般的孩子，小時候，這個第二自我加厚了他日常生活的厚度，使他成為一個耽於幻想的孩子，並幫助他抵禦第一自我受挫時的傷害。榮格也是一樣的，他 6 歲的時候，替自己雕刻了一個木頭小人，幫這個小人做了件羊毛小衣服，把它放在鉛筆盒裡，藏在閣樓上，每天寫小紙條給這個小人，把自己的心事都告訴這個小人，這樣他就覺得不孤單了。在被老師批評懶惰、邋遢、蠢笨時，他想到閣樓上的小人，就覺得這個祕密讓他有了抵禦這一切攻訐的勇氣了。「你這個蠢貨，你看到的，不過是我的局部。」榮格的自省機制比紀

德更發達，15 歲的他想，我家這麼窮，我要考個好大學，我應該努力適應社會，多多賺錢，我該開始著手第一自我的整修重建過程。

而紀德呢，他一直在掙扎，力圖回歸正常的性取向、生活方式，直到他的第二自我在充分的雨露下發育了：11 歲時他死了父親，他的體質讓他無法上學，於是開始遊學生涯，置身於文藝圈子裡的自由散淡空氣中；母親在他 25 歲時也去世了，他繼承了大筆的家產，他無須為了謀生而折損自己、屈從於別人的意志。他的第一自我在巴黎社交圈中疲憊不堪，他盡可找個空氣新鮮的山澗，度幾個月假來緩解，寫兩本賣不出去的書，讓隱性自我在書裡釋放一下。

他的隱性自我是：熱愛文學，同性戀，對女人的肉體無反應，對母親的死無動於衷，看一場《茶花女》（*The Lady of the Camellias*）倒會震慟一場。就像因為腎炎而禁鹽的人一樣，在母親管理下的清教徒生活，使他的隱性自我只對調味豐富的戲劇化事件孜孜以求且反應劇烈。他還高度的精神化，他愛一個女人的佐證就是：他會立刻陽痿，因為他覺得她們是不可侵犯的，甚至他的同性戀愛，也只能止於孩童式的、最輕微的愛撫，而不能摻雜劇烈的身體衝撞和動作。他的第一自我是精神陽痿的，第二自我像蝴蝶的翅膀，精美、細膩、脆弱、振幅大，禁不起揉搓。

波洛克（Jackson Pollock）：
壞孩子

前兩天看吉菲寫的吉皮烏斯（Zinaida Gippius）（俄羅斯「白銀時代」的女詩人），今天又看吉皮烏斯寫波洛克。真好玩，被回憶的人，轉身又去回憶別人。更好玩的是，吉皮烏斯寫：「波洛克，你不可以轉述他的任何一句話，如果你明白這一點，你就會明白波洛克。」

我就努力去明白這一點，咖啡喝了一半去續水，因為想著波洛克的緣故，下意識地在那裡放糖，結果多到溶解不了，紛紛揚揚，像下雪，最後淤積在杯底。就像某些飾語過重的文章一樣，敗味，我想，所以我開始喜歡一些更簡單的人和字，素面朝天地喜樂著，或是哀哀地哭，都是原味的。小小的、細碎的生活之花，在那裡自開自落，不是嫁枝，也不是朽木上雕花。吉皮烏斯的文字是什麼？苦咖啡吧，原味的硬線條 —— 她沒有善意，也不迴避什麼。

吉皮烏斯 —— 我既是詩盲，也就不去評論她的職業技術了，看過吉皮烏斯的傳記，她的好友吉菲寫的，有幾處小特寫，很傳神，她形容吉皮烏斯是「白色恐怖」，常常穿男裝、奇裝異服上街（猜想她也是表現欲超強的女人），穿晚禮服時乾脆在身後裝一雙翅膀！冬天天冷，把所有的大小皮草都套在身上，還和男人討香菸抽，從皮草袖子裡伸出雞爪一樣的手，就像食蟻獸的舌頭一樣。

她的女伴窮得住不起有暖氣的屋子，她一大早跑過去，告訴人家她

的大別墅陽光多麼好，她就在別墅裡，一個一個房間地走過去，循著陽光，因為她有的是空房間。而她的女伴呢，眼巴巴地看著她，鞋子漂在臥室的積水上，結了冰 —— 她是個非常殘酷的女人 —— 由此我信任她寫的傳記，刻毒的人往往可以寫出近身的、貼近本人的東西，出於善意的寬鬆線條往往使人輪廓模糊 —— 這個女伴就是寫這篇文章的吉菲。之所以我相信她寫的吉皮烏斯，比任何一個她的崇拜者都寫得好，就是因為她對吉皮烏斯的立場是愛恨混雜的。吉皮烏斯喜歡戲弄別人，以樹敵為樂，這當然是最高效能的突顯自己的方式。她從未流露過溫柔的碎屑。只是她臨死前寫了一首詩 —— 「通了電的電燈線啊，光明是它們最溫柔的墳墓」 —— 冷冽之中，倒是有點溫柔的纖維。

再說回波洛克。吉皮烏斯用一個「窄」字去形容他。臉是窄的，身體是窄的，動作是窄的，聲音是窄的 —— 想像著這樣的聲音吧，像是從深井裡發出來的，帶著井壁的涼意，像我筆下的春來。每一個詞都是艱難地發聲，超載、負重過度的，然而這樣一個男人，給人的感覺卻是童稚的。

我就在努力理解他這種雙重性。我還是很難具體化這個人：他說的每句話都有不可言說性，但是並沒有哲學的外殼。他給人挫折感，因為他的語言沒有清晰度。但是有一種東西挽救了他，使他顯得不那麼可怕，那就是他的不設防。他對所有的人，對生死，對女人，對命運，都是沒有設防的。而且，悲劇的是，作為孩子氣的另外一面，他沒有責任心。更悲哀的是，這恰恰是他魅力的來源。

吉皮烏斯說：「我實在不知道，他是以哪種方式切入生活的」。好像波洛克本人，對生活是很冷淡的，他從來不談論自己的衣食之類的事，想來他也根本不關心這些。他一直在生活的外圍打轉，我想是那樣的，生活的附近，那樣。他寫完他的美婦人系列時，吉皮烏斯指著其中的詩句「清晨……美婦人的初影。」壯起膽問他：「這個……女人……其實是不存在的，是吧？」他坦然地回答：「那當然。」

最精彩的是吉皮烏斯把他和別雷（Andrei Bely）平行比較的那一段。兩人初看之下反差極大：一個是在語言上、動作上處處儉省，另一個則是揮臂劈手、滿蓄風雷；一個是暗調子的黑髮黑膚，另一個則是淺髮淺膚，色彩明快；一個對什麼都模糊，一個是明白得過了頭……一個是天才，另外一個是被天才火花時不時擊中的人。

然後筆鋒一轉，在這兩人之間，也有驚人的重疊處，那就是他們的孩子氣。他們都沒有經歷過成熟期：一個是寡言少語、安靜的孩子，一個是調皮搗蛋的壞孩子。這個是博學或性格的陰沉，都無法戰勝的。他妻子生孩子的時候，他大概也意識到這是自己一個成長的機會，所以欣喜又膽顫心驚地等待著，結果那個孩子死了。可憐的波洛克，唯一一次被救贖的機會，就這麼溜走了。

第三輯

青春荷爾蒙與狂飆時代

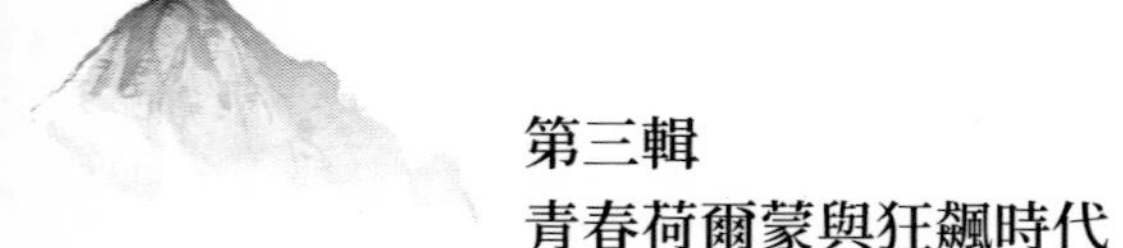

搖滾及其他我應該保持緘默的事

巴布·狄倫（Bob Dylan），1960年代的民謠歌手，行吟詩人，打出這幾個詞，我就覺得自己應該對此人保持緘默。因為我對民謠實在是概念模糊，約莫知道是一種敘事性歌曲，不比純粹的情歌那樣乾癟，僅此而已。對詩我則是百分百的詩盲。而我相信，一個歌手的濃烈精神指數，一定是溶解在他的歌曲裡的，就像一個演員的肢體語言，一定大於千言萬語一樣。

前一陣子看烏蘭諾娃（Galina Ulanova）傳記，有一張照片是她肅立在雪意沉沉的窗口前的背影。後來看傳記裡寫這個女人身上有股子安靜的力量，她從不與任何人發生情緒上的對抗，受到羞辱的時候，也只是默默地轉過身去，等她再轉過臉的時候，表情如舊，你連一個情緒的接縫都看不到。能用沉默來表達憤怒的人，她骨子裡承重的優雅，全溶解在那張背影的照片裡了。畫傳一般都是垃圾資訊的雜燴，但是看演員的資料一定要看畫傳，就像奧黛麗·赫本的一張笑到露出智齒、毫無雜質的照片，比一萬句「上帝給你兩隻手，是為了讓你騰出一隻來照顧別人」都更加直指人心。

巴布·狄倫的照片倒是看過的，太文青了，眼睛裡有溼漉漉的詩情。聲音也聽過，奇異的向上浮的聲音，好像要背棄時代似的。看他的傳記，倒讓我安心不少。眼睛裡的那水，全給擠出了，行文非常乾爽。我想激起我興趣的，也許是這個人背後代表的年代。他出生在1941年，歐洲戰場上正打得如火如荼，混亂像拳頭一樣把每個人的世界觀都擊打得粉碎。好像星座會影響一個人的一生一樣，那個時代出生的人，一輩子都活在新舊時代的接縫處，被吞吐著。1951 年，他上小學，和數學、語文並列的課程是防空，上學的第一件事就是練習在聽到警報的時候躲在桌子下面。蘇聯空軍隨時會從天而降，懷著嗜血的殺性割斷他們的小脖子。1960 年代他們從事學生運動，在街上築起石頭碉堡，滿目皆是爆炸的街道，燃燒的怒火，催淚瓦斯，無拘束性愛，反金錢運動，原始公社，學生試圖控制國立大學，反戰等等。

好玩的是，巴布本身作為一個浸潤在這個時代中的人，卻是個邊緣清晰的自我主義者。一個人在青春和熱血之中，最大角度地切入時代，又在被壓縮成一個文化符號之後，重新把自己撕扯下來。在這本 17 萬字的傳記中，溫文克己的巴布只說了一句髒話，就是在被別人稱作「60 年代人的良心」的時候。他算是個政治敏感、閱世心活躍、與時共振的人，他連寫歌都是在報紙上找題材。他並不是個對時事冷淡的人，可是他時時與之保持距離。「等找到真相後，我就一屁股坐在上面，把它壓垮。」

《像一塊滾石》（*Like a Rolling Stone*）之後，國內又引進了《放任自流的時光》（*A Freewheelin' Time*），蘇西．羅托洛（Susan Elizabeth Rotolo）寫的，蘇西是巴布 20 歲時的女友，在 17 歲的她的眼中，巴布已經是魅力四射。「不管我站在哪裡，環顧四周，總能看到巴布就在不遠處。雖然頑皮、隨和，但舉手投足間散發出強烈的氣場，讓人想不注意都難。」蘇西本人也是個藝術家，但是和《尼金斯基手記》（*The Diary of Vaslav Nijinsky*）那種思路跳接過多的書相比，這本書線索清晰，資訊落點準確，不蔓不枝，不偏不倚，淡定沉著。蘇西寫的回憶錄，讓我想起

沙林傑（Jerome D. Salinger）女友那本，看似是事關名人的八卦書，其實涵蓋面不只如此。沙林傑女友那本是個猶太少女的心靈成長史，而巴布女友的可以遠觀格林威治村成為搖滾基地的發展史，以及 1960 年代的美蘇冷戰氛圍。看書時要深呼吸，兩個叛逆年輕人戀愛中荷爾蒙滿溢的青春體味，以及狂飆的時代氣息。蘇西是個安靜愛思考的女孩，巴布則活躍多變，他們最後的分手理由其實也非常簡單，就是女方更喜歡沉浸於獨自工作的喜悅之中，而男方天生就是做明星的料子，要在舞臺上閃閃發光。女方會被尖叫的粉絲嚇壞，而男方則很清楚怎麼在追捧中劃出邊界，得到支持又不失自我。

他更喜歡做回他自己，他是個頑強的自我主義者。這就是我愛狄倫的地方，也只有一個自我主義者，才會這樣行文，我喜歡他文字中那種不軟不硬的交流欲 —— 他既不是站在理論和道德制高點上，帶著真理在握的悍然表情，硬要撬開別人的小腦袋把道理塞進去的那種粗暴；也不是像《第三情》（*Henry & June*）那樣一味喃喃自語，完全不顧讀者閱讀節奏的自私寫法；也不是步步煽情，意在滲透，他就是淡淡地表達他自己，像畫簡筆畫似的，解釋是件太無聊的事，我才不屑把自己交代得那麼清楚。你懂多少，那是你的事，反正我就這麼大耐心了。

他讓我想起契訶夫，後者是地攤雜誌作者出身，當時地攤雜誌約稿時都要規定行數，120 行、100 行，也就是說，在動筆的時候，就已經進入了倒數計時。這種倒數計時訓練，練就了契訶夫的短時爆發力，讓他可以在 10 句話裡處理完一個人的全貌。而狄倫呢？可能是他長期寫民謠的緣故，所以他的文字壓縮力很強，能在幾句話之內就交代完一件事，「這是一個書的洞穴，而到目前為止我都是在另外一個文化譜系裡成長：白蘭度（Marlon Brando, Jr.）、狄恩（James Dean）、夢露（Marilyn Monroe）……而這些名字在這些書面前都成了笑話。」只有三個層次，卻把一個小鎮孩子到了紐約初見壓頂書海的駭人陣勢時所受到的震撼描述得非常到位。非常漂亮的跳接動作，文字連線縫口都找不到，讓我想起說故事時的費里尼。

也只有一個自我頑強的人，才會尊重和懂得愛護另外一個同樣質地的人。他和他妻子出去吃飯，讓妻子點菜，後者拿過菜單直接就點，「她不是那種認為別人快樂自己就快樂的人，她懂得自己內在的快樂，這是我一直喜歡她的地方。」也只有這樣的太太，才會在狄倫出現情緒波動的時候第一時間就看出來，默默準備好和他一起離開。

他讓我覺得是那種帶著內心地圖的人，怎麼說呢？就是懂得在兩點之間畫出直線的人，所以 18 歲時，他就離開家，離開那個中西部小鎮，離開冬天攝氏零下 20 度的苦寒、夏天隔著靴子都能咬人的大花腳蚊子，離開看一場電影都要全家盛大出動的困窘，離開所有人際關係都平面鋪展在目下的小鎮交際網，奔向大城市、大聲音、大動靜，他揹著吉他，推開一家又一家咖啡館的大門，直接尋找與他相像的人。存夠了錢他就去紐約。小酒館裡，酒氣，惡臭的體味，帽子傳來傳去接小費的生活不過是過渡，他很清楚自己要什麼，外界喧囂的聲音模糊不了他的視線，他腿腳俐落地奔向下一個目標 —— 那些他在唱片上見到過的名字，一個、兩個、三個。「你願意為我的酒吧做看門人嗎？」其中的一個問他。「不，不過我可以為你演奏。」20 歲時，他簽約哥倫比亞唱片公司，之後的事大家都知道了。

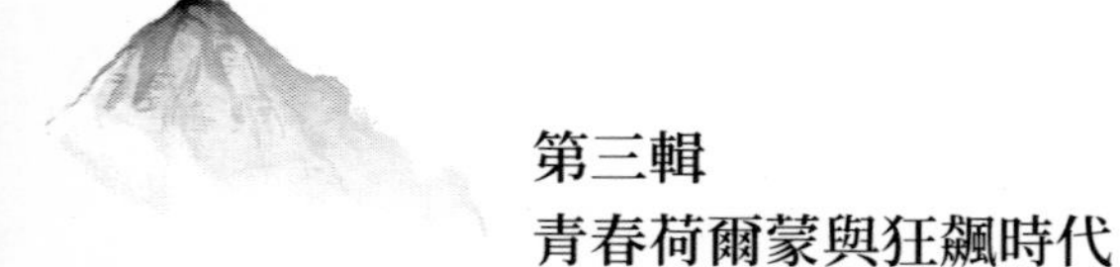

冬日的預想

江浙最難捱的日子到了。雨雪溼冷，冬衣變得硬冷似鐵甲，冬季街頭的行人，表情都被凍得漠然。江浙素來有春秋佳景、夏酷暑和冬嚴寒，天氣變化多。我常常想，這裡出了那麼多文人畫家，是否和這四季多變的天氣相關？因其季候感強烈，景觀豐富，特別刺激感受力，人不會被一馬平川的四季如春搞得鈍乏 —— 氣溫變化會帶來心理上的起伏，在極寒地帶，冬天來襲的緊張感，從入冬之前就開始了。阿拉斯加的夏秋轉瞬即逝，豔紅的秋葉只能維持一天。小鳥四處找藍莓吃，準備南渡，灰熊拚命儲備過冬脂肪。誰又能比牠們更清晰地看到時間的刻度呢？

在手機相簿裡，翻到一張春天拍的玉蘭樹，我站在水邊，踩著半軟的河泥，仰著臉拍它，像日本畫一樣對比鮮明的色彩，密密匝匝的枝葉擋住了天空，可是花瓣的顏色卻照亮了空間。這棵樹很梵谷（Vincent van Gogh） —— 梵谷是最能把樹畫出感情的畫家之一，那些幾乎是噴射的筆速畫出亢奮的、焦慮的、寧靜的樹。

荷蘭北部秋日的樹林，褐黃的樹葉襯著銀藍的天，那是盛在銀瓶裡的秋水長天，在耳邊搖晃出秋之脆聲。赭色的植被，幾乎讓人聞到秋天清新的空氣；悲泣的孤女，身邊一棵被暴雨拔起的樹，那猙獰的樹瘤，簡直是命運詛咒的惡相；還有，每次經過我們社區那些被暴力砍伐的樹屍時，我都會想起梵谷筆下的「截頭柳」，那些被截去頭部，在身軀上頑強長出零星枝葉的樹。同時，像是某種情感代償，他筆下的果樹和春花，又是那麼生意滿滿，慰藉了我。春天裡，走在開得密不透風的東京櫻花下，我常常覺得是在仰面翻一本梵谷。

而這些草木欣欣的春日風景，到了冬天，霜月滿地、雪意未成時，就變身為一幅中國水墨畫。我和皮皮去東郊山腳散步，眼前儼然一幅寒山淡日的雲林畫境。枝葉落光的瑟瑟冬樹，簡潔如速寫，比起花枝遮蔽的春夏，更多了幾分縱深的空間感。如果說春天的樹如畫可觀，那麼冬天的樹，就是邀請你，走向它的深處、走向它背後的蒼茫天穹之中，去更深地理解它和它意味的一切。

立在水岸邊，看灰喜鵲在掛著黃果的楝樹上飛起落下，默唸一首瑪麗·奧利弗（Mary Oliver）吧。

你一定無法想像
它們只是站在那裡，
愛著每一刻，
愛著鳥或者虛空，
黑暗的年輪緩慢而無聲地增長，
除了風的拜訪，
一切毫無變化，
只是沉浸於它自己的心境，
你一定無法想像
那樣的忍耐和幸福。

誰說中國畫境不能用西方的詩心來詮釋呢？寂寂無言的冬心，都是一樣的。

慢慢走進樹、山、天地、冬天……即使是冬天，也是層層遞進的。

初冬，地氣未凍，暖陽尚在，終於等到了預訂許久的新年曆，拆下舊曆換新曆，簇新的一年在前方等著我；訂的單瓣水仙也到了，用眉鉗夾去枯殼死皮，細細理好，泡過矮健素，放進水盂，靜待抽葉開花；哼哼唧唧的舊空調，終於被我狠心棄之，新空調即將放暖；天氣好，正好晒新灌的香腸；散步時，遇到也在山石上盤成一團晒太陽的野貓，餵牠隨身帶的貓糧，牠漸漸和我混熟了，不再把食物拖到遠處吃。

去南博看宋韻展，宋代復古風盛行，所以，這次展出的也有作為禮器的青銅器，但我仍愛瓷器。蓮花鈕、菊紋執壺、牡丹紋香爐、梅瓶、葵口碗。花枝、花形、花名紛紛入眼，最喜的，還是定窨淺刻花白盤的淡泊。萬花爭豔中，一個米白敞口盤，簡靜安寧，默立於角落，正是「人間有味是清歡」。在南博店裡，買了一個描著梅花的小花瓶，發現它上面寫著「花缽」，這種事也會讓我高興。「花缽」這精緻的用詞，比草草應付的「花瓶」，更讓我的文學神經愉悅，就像經過了一個巷名很好聽的小路，那種無意得之的歡愉。回家時，路過小時候上過的幼兒園，想著要不要去吃一碗長魚麵，太陽正好，恩施著世間萬物。

而我愛這平淡的每一日。

再往冬天的深處走，冬寒料峭，冷雨開始下，一隻手得留給雨傘，另外一隻手只能捧一本輕書了，順手把手邊最輕盈的那本放在包裡。詩感的散文集，小小一本，在冬日街頭，高德地圖上顯示車還有十分鐘才來，正好可以看幾頁書，從暖和的羽絨服口袋裡，抽出一隻手捧著讀，字句如詩，又如歌詞，讀著讀著就想唱。正好看到作者寫她臨出門前，為旅途中要帶什麼書而躊躇的章節，如此應景，簡直是書與現實成了互文，於是，我就笑起來，我看見自己口中哈出的熱氣……如果它們凝結的話，會是詩的露珠嗎？

冷到無法散步時，那就在家看畫冊吧。桌上攤著霍克尼（David Hockney），上面是滿窗的大海和形如拍掌的梨樹，因為疫情，他只能在農莊裡工作，大家都在忍著不能出門的「旅行戒斷反應」，而他說：「反正我們在這裡與世隔絕，我不用走很遠就能找到很多有趣的樹木。我此刻正在畫冬天的樹……我會盡我本能地去畫樹……我會一次又一次地再去畫。」他畫晨光熹微中初醒時的窗外，畫五點一刻的天亮，畫比倫敦早開一個月的此地山楂樹，他活在自己的時間密度裡，瞬息不止。八十多歲的老人了，新鮮如同初生兒，這時時更新記憶體的人生，讓我羨慕，那我也一遍接一遍地看樹吧。

漸近年關，空氣裡，四處瀰漫著年感：快遞即將停運，大家抓緊囤積物資、寄年禮；公車裡漸多拖著旅行箱的人；有的店面已經關門了，街上的人日益變得稀落，桌椅架起的歇業餐館裡，工友聚在最後的桌邊，推杯換盞吃著散夥飯。本來是平直的昨天、今天、明天，生生被「年」斷了句，落墨成《歲時記》，攤開手心，就可以看見時光如流沙瀉下。

連日天色陰鬱，氣象臺不停發布黃色暴雪預告，初雪即將落下。大雪將一切景物歸零。萬物凋敝、人散盡的冬天，也讓人省悟 —— 雪天最適合看《紅樓夢》及關於它的種種延伸讀物。《紅樓夢大辭典》，七百多頁，存在手機裡，辦事排隊、陪讀候車時，時不時讀兩頁，今天研究個「梅花填漆几」，明天弄懂個「倒垂荷葉燈」，過幾天再倒騰清楚幾首酒令詞牌，日子由此過得十分有趣 —— 並非格物，而是在具體物事中自帶風俗、民情、活生生的世故。不只是考據書，包括優質科普書、自然文學、天文物理書，雖然沒有談情說愛，卻自有情味，萬物有情的情。

而一切的物質、情感堆積，是為了通向虛無之後的澈悟，《紅樓夢日

曆》每年都出一本，主題不一，比如《紅樓夢》的「植物」、「色彩」、「茶事」、「中醫」、「歲時」、「建築」等等，這麼掘井而不怕枯涸，當然因為《紅樓夢》是個物質文化大寶庫，大繁華才能大幻滅，繁花著錦之後，才見白茫茫大地真乾淨，沒有萬丈紅塵哪來無一物？這也是以實抵達虛的路子。

又如過雲樓的兩個藏書章，一個是「足吾所好，玩而老焉」，另外一個則是「過眼雲煙」。一起一伏，一收一散。我想起在蘇州博物館看過雲樓藏品展時，從發黃的宋版書上抬起倦眼，明式花窗外，那株明黃蠟梅開得正好。古書對新梅，那一瞬間，萬事都是雲煙了。

真想開了，倒退一步，忽覺天地開闊。就像落筆「死亡」的《入殮師》，以懷孕的妻子在春日花園澆花來收尾一樣。冬天懷抱的，正是春天將要到來的生命。又或許，冬天給人的最大餽贈，就是對春天的預想。

一月中旬的某天，突然升溫，太陽很暖和，我就去湖邊，走著走著，就看到亭亭玉立的杉樹林，變成了優雅的鐵鏽紅，背樹後掠過幾絲暮冬的溫柔雲絮 —— 冬日的樹之美，有一個視覺要素就是：樹垂直的線條感，和天上幾抹橫向的雲，成為直角結構，這簡潔優美的幾何構圖，我永遠也看不厭，即使我明知它會逝去。我心裡很篤定，我知道，待這金紅色褪去，在杉林腳下，春天曾有，也很快會有成片的二月蘭。我還知道，當四月到來時，湖邊的空氣會特別明淨，在楊柳眉目青青的湖畔，和山水渺茫的交界處，連綿的黃菖蒲會依水而開，像一個晨霧中的啟程。

離開的千種姿態

有些人永遠在路上，有些人永遠在離開，有些人永遠想定居。我想這組詞裡的一個，就足夠涵蓋其他 —— 沒有一個定居的點，又談何自由地輻射呢？波赫士（Jorge Luis Borges）定居的這個點非常簡單，那就是他的盲、他的孱弱、他的膽怯、他的殘障，這些截斷了他的社交半徑的東西。幼年時他只敢躲在花園的鐵柵欄後，看轟轟的遊行人群從他面前走過，或是在媽媽的身後，把窗簾掀起一角，看妓女們在街角討價還價。

可是他的身體裡卻流著勇士的血，他的先祖裡，有好幾位戰死沙場的將軍。在他家隔開路人視線的重重窗紗後面，日影沉沉的小客廳裡，角落裡是祖先戰死時所穿的盔甲、生鏽的佩劍、鑲著黑絲絨鏡框的銀版照片。他們在肉身缺席的冷寂中成就了自己的歷史展覽館，主持人和解說員則是波赫士的媽媽。她一邊拂拭鏡框，一邊用西班牙語向兒子講解祖先的英烈事蹟。

如此沉重的光榮史，對這個先天孱弱、半輩子處於半失明狀態、根本就無力去成就戎馬生涯的孩子而言，又何嘗不是一個要離開的理由？他離開的方式也很簡單，他從小鄙夷西班牙語及其代表的次主流文化，他是被抱在奶奶膝蓋上、看著英語幼兒雜誌長大的。當時的風氣是：所有的阿根廷人，都不屑於說自己是西班牙人的後代，西班牙裔往往是底層人：體力勞動者、妓女、流氓……受英式教育的才是紳士，他在潛意

識裡，把母親的尚武風氣誇張變形為：無知、狹隘、偏見、非知性的蠻力，予以鄙夷和唾棄。那麼他離開了嗎？我看沒有，他在小說裡沉迷於塑造的那些熱血男兒：玫瑰角的漢子，惡人傳裡的那些惡徒 —— 其實是波赫士以筆墨從戎的方式。

一輩子都在試圖離開的是「垮掉的一代」的凱魯亞克（Jack Kerouac），少年時他試圖離開他的小鎮，無法忍受那些整天抱著大仲馬（Alexandre Dumas）的小說、操一口土腔的同伴，他整天泡在圖書館，聽紐約流行樂，以此作為人工隔離屏障。他的願望是做一個鐵路員工，用鐵軌的彎曲綿延，離開日常的平直軌道。14 歲那年他家鄉發了大水，撤離到安全地帶的人們都望著被水沖垮的家園掩面痛哭，他的心裡卻暗湧快樂，只因為這個天降的災難，調節了他寡淡的小鎮生活：他第一次看到了波士頓來的記者，他們帶來的相機記錄了從上流沖下來的城市殘骸。這場洪水，沖壞了防洪堤的同時，也洞開了這個孩子的離開之門。

這之後他自製了虛擬玩伴 —— 薩克斯醫生，和他的隱身斗篷，他們一起穿過夜色，躍過籬笆，穿梭在暗夜的街衢中，偷窺著甲在手淫，乙在便祕。這是他的第一個小說人物，他被他離開的慾望生出。成年後他想離開他的貧窮，他憑著出眾的橄欖球技贏得哥倫比亞大學的獎學金，得以躋身那些操著書面用語、坐私家車上學的猶太學生之列。然而這也打撈不了他的出身，他甚至無法去參加畢業典禮，因為他買不起出席典禮的白色禮服。他躺在校園後坡的草地上晒太陽，仔細聆聽禮堂裡傳來的畢業歌聲，袖著手、木著臉離開，嘴裡嚼著草根，吟著惠特曼（Walt Whitman），堆出一臉的不屑。

他的離意又生，這次他離開了學校，去做了一名遠洋水手。他甚至離開了時間 —— 那是他 19 歲的暑假，他躺在後廊的涼椅上，靜觀天空，突然覺得物我兩忘，在浩瀚銀河的逼視下，每個人的自我都被壓扁成「無物」。這個電光石火的瞬間，神學家叫它「啟蒙」，文學家叫它「頓悟」。波赫士在徹底失明後亦是離開了時間，一下變成被遺棄在黑暗裡的人，四周變成一鍋沸騰的熱粥，日與夜的吞吐動作變得模糊與曖昧。先天的瞎是一堵終身制的黑牆；後天的瞎是某一天醒來，發現自己被活埋在一座死墳裡。時間，也就是用來切割日與夜的那把刀，只能刺向虛無。那一刻他開始把自己活成一個自轉的星系，他的迷宮小說，生於他的離開。

總是想離開制式生活的凱魯亞克捨不得離開的，是他的文字理想，他到哪兒都帶著他的靈感簿，他最愛的兩個寵物——「文字」和「離開」，讓他與「垮掉的一代」的另外一名主將金斯堡（Allen Ginsberg）成為至交。他們原先交情甚淡，直到有一天，金斯堡讓凱魯亞克幫他搬家，他們收拾完細碎，金斯堡轉身，對著房門，飛吻、敬禮、鞠躬，「再見，七樓。再見，六樓……」就這麼一直數到一樓，才完成他的告別儀式。待他第二次轉身後，這兩個男人成了終身的摯友，他們在彼此身上嗅出了同類的氣味，他們都是「離開」的愛好者，總是被那種「滿含淚水的沉默去意」打動。

這群人當中真正的「離開」嗜好者是尼爾（Neal Cassady），他自幼喪母，與父親亦很疏離，他在撞球館和妓院裡混跡長大，居無定所且有愛無類，他從不在任何一個地方、任何一個女人、任何一種生活的可能性上定居。凱魯亞克的成名作《在路上》（*On the Road*），其活體演出者、其重心、其活力源，都是尼爾。這本書就是「尼爾在偷車，尼爾在開車，尼爾在越獄，尼爾在吸毒，尼爾和一個女人，尼爾和兩個女人，尼爾和一個男人，尼爾同時和一個男人加一個女人……」尼爾才是行動

派的那個「在路上」的人，他必須不停地說話、做愛，如果讓他獨處，獨自穿越一片時間的白色荒漠，他就會結結實實撞上他自己的自殺欲，他會被他自己分泌的絕望毒死。

然而我之所以寫這篇文章卻是因為許巍，最近我很迷他的歌，我想為他的聲音寫點什麼。那聲音像早班公車裡的生鐵把手，略有鏽跡的金屬味道，它讓我想起溼而欲睡的睏意、西出陽關遠去的夜行火車……一切正在途中的事物，他的歌，他的人，都像是「在路上」。穿過幽暗的歲月，攀上獨自一人的青春高原，高處的空氣，凜冽、孤寒、清澈，過往的少年夢，現在全在腳下了，待近觀了，只不過是一堆輪廓模糊的磚石草木，遠不是想像中的高大輝煌奪目。嘆口氣，收了聲，木著臉，往前走，是沒有盡處的孤旅。下山呢？那經過高原空氣鍛鍊的心肺，讓整個人都沉默、緊實了。

他的聲音很像我的一個朋友，我甚至沒有見過那個人，我總是在想像他唱歌時的樣子，他的聲音、長相、性格，都有種重金屬的性感，是我隔著厚實的審美安全網，樂於去揣摩和把玩的類型。他也是一塊「在路上」的滾石，一個不會在任何可能性上定居的男人。在現實生活中，我會選擇隔岸觀望，然後轉身離開。現在你知道我的祕密了吧？我也是個離開嗜好者，我們這個族群的人，可以離開一個地點、一個時間、一個專業、一個工作、一個男人、一個女人，都沒有問題，我們唯一不能離開的，只是離開本身。就這麼簡單。

只是為了一場紙折的飛翔

《盧布林的魔術師》（*The Magician of Lublin*），以撒·巴什維斯·辛格（Isaac Bashevis Singer）最動人的長篇小說。書裡的盧布林，正處於19世紀末，也就是西元1863年波蘭革命之後。那是一個新舊時代的接縫處，技術革命的餘波開始波及東歐，木頭人行道被掀起，處處起高樓，煤氣街燈開始普及。盧布林是一個髒而喧鬧的猶太人聚居地：狹窄的硌石街道，昏黃的店鋪，逼仄的住所，密密的人群，混雜著牛奶、麥片、牛馬糞、髒水的氣味。

五味雜陳的生活氣息卻掩蓋不了人心惶惶，波蘭的報紙上天天叫嚷著革命、戰亂和危機，在點著長明燈的小教堂裡，總有人做夜祈。教堂外是轔轔的車行聲，那是俄國占領軍把起義的波蘭人押送到西伯利亞去服刑的聲音。攝氏零下40度的氣溫，大半年的冰封期，沒有煤、沒有燈，睡在木板上，醒來就變成了冰蠶——去的人，沒有一個能活著回來。

可是我總覺得，辛格筆下的，是他小時候眼中的盧布林，一個封閉的波蘭小鎮，如果你現在打開波蘭地圖，在標記高地的那塊黃綠色上，就可以用手指找到它。你坐上木頭座椅的老式火車，轟隆轟隆，午後的烈日裡你打著瞌睡，再睜眼時就可以看到它。它是羅馬教皇的故里，這裡的人都篤信宗教，每個家族在教堂裡都有自己專屬的墓地，去過那裡的人在遊記裡寫道：「常可以看見穿著棕紅教袍的神父騎著腳踏車穿過田野，夏天的熱風把他的衣帶吹得高高飄起。」

這裡的人會記得那個大鼻子的猶太孩子嗎？他是一個拉比（猶太教神職人員）的兒子，還是另外一個拉比的外孫，人人都以為他會成為一個世襲的拉比，然而他沒有。他成了一個作家。

他出生於1904年的7月14日，在一戰時度過了他的青少年，二戰前度過了他的壯年。一個天崩地裂的大時代，轟隆隆地從一個孩子眼前開過去，烈焰和炮火照亮了孩童清澈的眼睛。他眼睜睜地看著整個波蘭，國已不國。一輪又一輪地被瓜分，蘇聯入侵，猶太人在蘇波戰爭前被波蘭人凌辱：拔掉他們的鬍子，燒掉他們的教堂，割掉他們的舌頭，徹夜地慘叫。

我絮絮地交代著這些背景材料，只是想為一件事求解，那就是，雅夏，也就是盧布林的魔術師，為什麼會成為一個兩頭不靠岸的、徹底的懷疑論者呢？這個男人充滿了「迷」，迷人的迷，迷亂的迷，迷失的迷。一個沒有宗教生活，從不做早祈晚祈的猶太人，失去了組織、無所依傍的男人。他有知識儲備，他精通物理、天文、心理學，他以理性為中軸，頑強地自轉著，他是他小宇宙裡的太陽，把不同的時區分配給圍繞他公轉的女人。

他清潔的理性，讓他懷疑這世界上的一切，他既不是傳統的猶太信徒，在牛油蠟燭躍動的光影中，唸著和書頁一樣發霉的禱告詞——他覺得他實在無須向一個未曾眼見過的上帝祈禱，既然他把苦難、屠殺、饑荒、流離賜予人們。他更親近他自己的理性。他也不是親俄分子，俄國人占領了波蘭，見豬搶豬，見馬掠馬，強暴婦女，打著徵收的名義擄掠財物。整個村莊的猶太人，被剝光了衣物攆出去。他看見那些臣服和取悅占領軍的人，就想呸他們。他不能一刻沒有女人，如果讓他獨自穿過時間的荒蕪沙漠，他會被自己洶湧的懷疑逼瘋掉。

他是個精通催眠術的魔術師，而所有的愛情，都是一場盛大的催眠：他是自己妻子的早晨——爽朗、親切、可依傍、充滿希望、一切都是楚楚而明亮的。雖然她反射弧偏長，他在家裡說的冷笑話，往往等他出門後好幾天她才弄懂；他是瑪格達的午後，豔陽高照，梨花遍地開，他灼灼的諾言，催開了這個害羞女孩的身體和情慾；他是愛米利亞的黃昏，溫和優雅的智性生活，一塵不染的話題，吞吐於黑夜和白晝間、半明半暗、恍兮惚兮的調情時刻——然而沒有明天，黃昏是一天中最有末日氣息的時刻。

這是一個多麼貪婪的男人，一個熱愛速度和高度的男人，他的兩匹灰馬，一匹叫灰燼，一匹叫灰塵。呵呵，你擦拭過琴鍵上的灰塵嗎？你曾經把一封舊情書燒掉，看褪色的字跡像開累了的菊花一樣蜷曲嗎？那你就會知道，灰是多麼輕、多麼快、多麼易逝的東西，他可以向任何方向扭曲自己的身體，人們都說他的骨節是用液體做的，他甚至可以用腳剝豌豆，可以模仿任何一種鳥叫，可以用一根鐵絲開啟世界上任何一把鎖，可以走最細的鋼絲，可以在繩索上翻觔斗。這樣一個萬能的身體，他居然還奢想讓它飛行。他蒐集了無數飛行的簡報、案例、資訊的碎片，他生命中的兩顆一等星，就是愛米利亞和飛行表演。

其實這兩件事完全可以同類項合併，雅夏對愛米利亞的愛是芭蕾質地的吧——而芭蕾是人類克服肉身拖累、試圖飛行的唯一途徑。它的技術要點是：（一）以足尖做最小的立足點：雅夏是個走江湖的浪蕩子，底層出身；愛米利亞卻是貴族的遺孀，有厚實的知性背景。他們在現實中，只有最小的、最微弱的交會點，而盛大的愛情，都得在這個點上著力。（二）為了在燈火明麗的舞臺上做若干秒鐘摺紙般脆弱的離地飛行，之前的奮力起身，之後的沉重落地，都是必須支付的體能代價。就像雅夏對

愛米利亞，為了與她結合，他必須丟掉他的前半生的背景：他的家、他的妻子、他的江湖地位、他的宗教、他的信仰，還有他後半生的前景，他和愛米利亞私奔，是前途叵測的。

而雅夏，為這場飛行付出的代價是：他為了良心大安地與愛米利亞私奔，就必須找一大筆錢來安頓他的其他幾個女人，他就得用自己開鎖攀簷的技術去偷，結果自然是未遂，僅僅是個微弱的起跳動作，這個一心想飛的男人，就摔壞了腿。落地而碎的還有瑪格達，她因為他的不忠而羞憤自殺。辛格是多麼慈悲，他替雅夏找了一個光明的出口，就是讓他意欲飛行的肉體徹底回歸，他把他關進了一個懺悔小屋，裡面有半公尺見方的小窗、儉省的素食，一個人過著清減規律而瑣細無慾的宗教生活，連上廁所的次數都要節制。一切懷疑和貪慾都關在牆外，他終於在極限的紀律生活中獲得解脫。

書裡穿插著一些美好的景語：綠色的新芽冒出田野，雅夏深深地吸著馬糞的氣味，蘋果樹的葉子像晨星一樣發光，夜晚的露水像篩子一樣從空中篩落，麥芒如針尖一樣發亮。景語即情語，這些跳躍的小光斑，一點點照亮了本來有點灰的情節。散文化的段落，如果用多了，會耽誤敘事的節奏，使結構鬆散，但是我有種異樣的感覺，我覺得，這些景語，並不是為了替文字調和一點綠色的田園情調，也不是為了加一點酸甜的抒情液，它是為了給雅夏留一張靈魂翻身的底牌 —— 一個再混亂墮落的人，如果他敬畏生命，熱愛自然，那麼，他就還有被救贖的餘地。

可是，我還是找不到解這本書的樞紐，也就是宗教情緒。我生長在一個唯物主義家庭，早早不再相信上帝七天能造人，我身上最接近宗教情緒的東西，也許是對秩序、紀律、責任和日常生活的敬畏心，如果取這個近似值代入，那麼這本書可以解成「自由是危險的，一個人只有回歸日常生活的深處，用很多的戒條去約束自己，才可以有所依傍，才可以獲得安寧」。心中有慾念的鳥群，牠低低地掠過、盤旋，為了獲得安寧，得讓牠們通通折翼才好。可是，這麼粗糙的一個解，實在無法平衡這本書對我的震動。

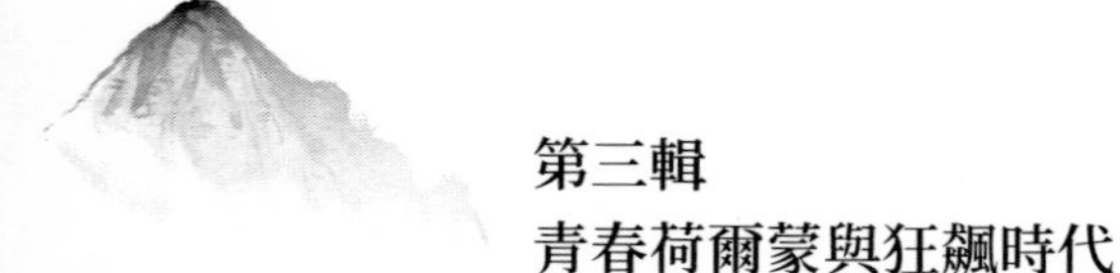

甜美生活

我繼續看我的雷諾瓦，這是小雷諾瓦替老雷諾瓦寫的傳記，很豔而腴的一本書，還有厚實的時代背景，肉肉的那種寫法。我突然想寫雷諾瓦了，看他的畫，像行經一個造糖工廠，空氣裡都是甜甜的糖粉味，讓人想戀愛。

雷諾瓦出身於手工業者家庭，他辨識一個人都是從手開始，他幫一個人下定義：「這人有一雙聖徒的手。」他始終不能超脫官能的愉悅，所以他的畫裡，匠氣多於神性。他提供給他兒子的人生經驗是：「不要信任那個說自己不喜歡大胸脯女人的人。」與其說他描摹的是審美意義上的肉體，毋寧說是生理功能上的肉。那是由定時的起居、富足的心態、穩定的中產階級生活所造就的玫瑰色肉身、藕節似的粉白手臂，是一些溺在甜美生活裡，已經微微生了滯意的女人 —— 她們不識字，但是隨時會彎下腰身幫孩子擦屁股，並且把洗衣服的任務看得和法蘭西憲法一樣重要；她們是母性這個繁茂的根系上，生出的楚楚枝節；她們對生活的自得和自足，像鐵錨一樣，穩定著她們的美。這種美，不是孟克或莫迪利亞尼（Amedeo Modigliani）筆下的那種不安、不倫這類重心不穩的負數之美。如果替他們的畫面配樂的話，莫迪利亞尼就是爵士，破碎、磨損、不節制的濫情；雷諾瓦就是莫札特（Mozart）的古典樂，濾掉了生命中種種齧人的小煩惱，只剩下明澈見底的生活流。

他對他青年時代的、那個 19 世紀的巴黎，有一種終身的鄉愁。當時春來的時候，塞納河邊的樹木會長出新葉，他喜歡這個城市的體味：女人近身而過時留在空氣裡的脂粉味、市場的氣味、濃烈的韭蔥香味裡，夾雜著怯怯卻執意的丁香味，以及這一切匯成的、那種甜美生活的空氣。翻開雷諾瓦的畫作，這種酸酸甜甜的日常空氣就會撲面而來。當時巴黎人的家居氛圍，尚屬洛可可遺風之中，在逼仄的空間裡，密布瑣碎甜膩的細節，畫家的存在意義，只是為了裝飾那些富人客廳裡空著的那面牆。雷諾瓦的取材，近似於 19 世紀巴黎的浮世繪。他斷斷不會在遍身羅綺的人物身上，放一隻磨穿的農鞋，去沖淡畫面的甜味，像梵谷那樣。他的性格是活潑的，像一粒水銀，他對人群的抵抗，也是軟性的。所以他與市場，終生保持著良性的、溫和的供需關係。

西元 1868 年他畫的那幅〈抱貓的孩子〉，順應當時的時勢，應該把這個男孩處理成古羅馬題材，擺成一個神像的造型。可是雷諾瓦只是隨手把他扔在一個日常生活場景中。這幅畫，就像雷諾瓦餘生的其他畫作一樣，既沒有情節的調味，也沒有思考的苦味，只有熱帶水果般、爛熟微醺的甜味。他的立意是還原生活的色、香、味、形，並賦予其綢緞般的華麗質感。他的理論是：人不應當制服命運，而應該尊重生活，並與其和解。

他常說的一句話是：「人應當像一個軟木塞子，漂流在小溪表面。」他於生活、於藝術，都是這種順流直下的被動，所以在他的畫中，我們也可以看到那種對客體的、近乎奴性的精確複製。他的兒子形容他作畫「像是一場逐獵」。他奮力地追趕題材，鞭打並撫摸它們，砍掉一切蔓生的枝節，直至這個題材被制服 —— 但也止於制服，而不是超越。他質疑想像力，並把它看作驕傲的一種方式，他不相信人的視覺經驗可以超出神意所賦予的。因而他也沒有提煉視覺要素的慾望。所以即使在他同期的畫家中，他也是較少抽象性的一個。

西元 1870 年以後，他畫了大量的浴女圖，畫中均採用了大面積的強光，關於陰影的描繪減到最低。在這幾幅少女嬉樂圖中，布滿甜美芳香的陽光，像是沉澱在玻璃杯底的一坨金色蜂蜜。樹上，春意喧譁；樹下，花落水流紅。少女嘴唇的水紅色，是春夏之交時，向晚的夕光那種顏色。少女的髮色，是灼亮的銅紅，少女的膚色，是初生梔子花瓣的腴白。雷諾瓦的畫筆，像蝴蝶親吻一朵花那樣，輕柔和綿密地畫出了她們。西元 1870 年前後他所畫的蛙池，取景於塞納河畔的一個同名餐館。此餐館叫做蛙池，並不是意指餐館周圍的草叢裡，聚居著兩棲動物。而是指一些職業面目曖昧的女人，她們並不是真正的肉體工作者，而是無根如萍的浪蕩女，她們是法蘭西精神的代言人：自由為貴，及時行樂。這些女人的表情，和他西元 1870 年以後所畫的磨坊和舞會系列中的那些女人一樣，都是沒有渣滓的甜淨，像煮沸的牛奶上，那層甜香的泡沫。

雷諾瓦從來不採用有稜角或直線的筆觸。他的筆觸肉感，渾圓而富有彈性，好像是在撫摩一個花樣盛開的乳房。在塞尚（Paul Cézanne）嚴格地呈現立體、圓體、球體之處，雷諾瓦卻以淡化面與面之間的轉化為樂。前者是線條與點、面的邏輯學家，後者卻是一個耽於感官之樂的畫匠。也正因為如此，後者筆下的女體，才更有說服力。他喜歡豐胸、厚唇、有發胖趨勢的女人，在他筆下，女人都是一些肉塊的膨脹和堆積，她們在畫中的占地面積，永遠大於那些清瘦的男性。他最痛恨的，就是茶花女式的病態女子，在他 10 歲的時候，他就開始在泥地上，用樹枝塗鴉一個圓臉、有酒窩的女孩子。30 年後，他真的遇見了 19 歲的她，他對她說，「在你出生前，我就認識你了。」並娶她為妻。所以他畫哺乳的妻子（〈母與子〉），畫幼兒戴著荷葉邊帽的可愛模樣，畫兒子玩耍時的樣子（〈玩遊戲的克勞德．雷諾瓦〉），妻子的衣服是紅色的，小孩子的臉頰嘴唇是紅色的，「顏如渥丹」，參差的紅彼此押韻，他的筆觸是水波漣漪式的，沒有一絲生澀，而是一彈就破的、水泡似的粉嫩。這就是沉浸在印象派喜悅中的雷諾瓦。

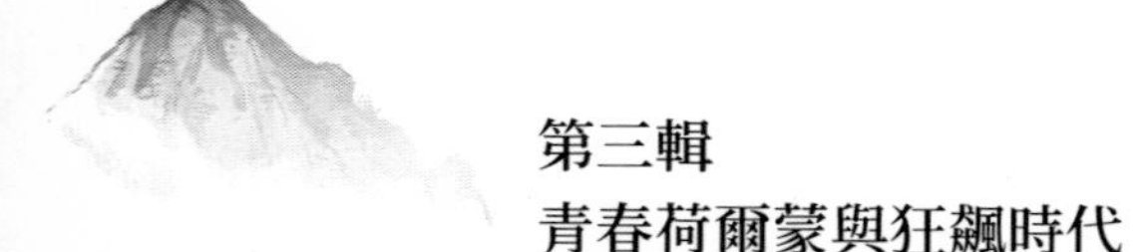

我愛夏卡爾（Marc Chagall）

真是意外所得，在先鋒書店的特價區，淘到這本夏卡爾的傳記《我的生活》（*My Life*）。找了那麼久，得來全不費工夫，還有書票送咧！其實此君的文采，真是蠻貧瘠的，像是時下的網路文學，骨血單薄，一句一句地平行累加疊成，只是小小的碎步，沒有縱深。他的故事不好看，他也不是個能在文字中為自己的心事找到出口的人，感謝主，由此他只好另闢蹊徑 —— 成了個畫家。

但他常常有片刻出彩的時候：到底是畫家，視覺化語言運用得如行雲流水，隨手拾得的就是「爸爸喝醉後的臉，糅合了磚紅和粉紅，摺合成淡淡的酡色」，要麼就是「先生的臉呈赭石色，被蠟燭光映襯得分外明媚」，遍地都是這種一小片、一小片的畫意。他還頗有詩情，三兩步敘事之後，就接上個抒情小跳，偏偏我最討厭這種不老實的詩化回憶錄。其實，他的畫裡有相同質地的東西，就是讓人微眩的、夢遊般沒有邏輯的超現實景物，但是他的畫，我倒不討厭。

我真想有個朝南的落地窗啊，我要找一面迎光的牆，就是早晨最初被旭日照亮的那面，我要在上面掛滿夏卡爾。他的色彩有那樣奢侈的狂歡氣息，我希望我的孩子，在這樣明亮的詩情中長大，只有它們，才配得上嬰孩乾淨的眼睛。算了，也許一幅就夠了，畢竟顏色太熱鬧喧譁了。我想掛那幅〈孕婦〉（*La Femme enceinte*），穿黃裙子的孕婦，身上灑滿了斑斕的光斑，一看就是能把過冬衣服都晒得香香甜甜的好陽光，肚子裡裝著一個胖寶寶，腳下是維特巴斯克的農宅，鬆糕鞋般的小木頭房子，憨實笨拙，一看就是過日子的樣子，讓人安心，還有一隻在散步的笑面牛。

我喜歡他對生活的積極性，還有一點孩子氣的幻象：他筆下的魚是長著雙翅的，他的母雞是會凌空飛行的，他的牛是拉小提琴的。所以也只有他，可以去為拉封丹（Jean de La Fontaine）的動物寓言畫插圖。而一個人的成長經歷必然會影響到他的視角，夏卡爾曾經做過畫招牌的油漆工，所以他的畫有廣告化的裝飾性，及其帶來的直接作用於感官的愉悅感，看他的畫時，只覺得地面的景物，逼近了，更逼近了，然後我就有那種低飛和俯衝般的微眩，接著我就趕緊閉上眼睛，一點點地反芻他那些長著雙翅的魚、凌空飛行的母雞、拉小提琴的牛。

他是個貧苦的農家孩子，爸爸是個賣魚的小工。魚鱗的銀光勾勒出他的身形，魚腥的惡臭代言他的體味，「他弓著腰，用一雙粗手翻弄著冰凍的肺魚，他的老闆，像個標本一樣立在爸爸身邊，又肥又大」。這段話幾乎把我讀哭，夏卡爾的身體裡，怎麼都還封存著一顆柔軟的小孩子的心呢？帶著小孩子的英雄主義。爸爸是「弓腰」、「粗手」，老闆則是「又肥又大」，這個力量對比也太明顯了嘛，他憐惜爸爸的弱勢。雖然爸爸常常把被欺侮的苦怨撒向更弱勢的孩子，他在他們耽睡的床前舉起皮鞭，給他們零用錢的時候撒得遍地都是，帶著施捨的倨傲。可是在這個孩子眼裡，爸爸始終是那個傍晚帶著一身魚臭、寒氣和星光回家的漢子。他時時對他們施以暴力的粗手裡，有時也會托著糕點和糖果，那一天，就是孩子的節日。他只想記得這個，不要怨氣、不要仇視、不要暗礁，把記憶中的寒意都過濾掉吧。

重讀這本書（過去那個是借來的畫傳版），才讀出了這個孩子的敏

感、纖細和易折。小時候，他去外公家度假，外公是個屠夫，每天都要殺牛和羊，每次下手之前，外公就會對牛羊做一點思想疏通工作，「把你的蹄子伸出來，現在該殺你了，來吧，來吧，這就是你的命運啊！」牛羊們就會流著眼淚，伸出一條腿，引頸受死。夏卡爾抱著牛羊的脖子，也哭了，他也無力扭轉牠們的死局，他能做的，就是不吃牠們的肉，可是因為這筆感情債，陰鬱的內疚一直盤旋在他的心裡。長大以後，他用畫筆為牠們超度，他畫了好多笑面牛、咧嘴羊，牠們拉著小提琴，環著手圍著篝火跳舞。牠們很快樂。

他的妻子貝拉（Bella Rosenfeld），出身名門，兩人背景落差極大 —— 夏卡爾的爹是賣魚的，貝拉的爹是開珠寶店的，熠熠閃耀的首飾，超出了夏卡爾的視覺經驗：「我只在夢幻主義的畫中才見過這樣輝煌的陣勢。」而我們家呢 —— 我們的餐桌和菜餚，則像極了夏丹（Jean Siméon Chardin）的靜物畫。人人都知道，夏丹是平民生活場景的視覺調查員。貝拉的全家人，和她展開車輪戰，他們輪班說服她，取消這荒唐的婚約，她不置可否，只是逐日地，一早一晚，把她家裡的魚、肉、甜點及她自己的甜美愛情和肉體，帶來滋養我們的畫家。他只要打開他的窗戶，就可以看見樹林、綠草，看見月亮掛在林間、馬留在農田裡、豬留在圈裡，一切都在它該安居的所在。貝拉，帶著藍色的夏夜空氣、鮮花和田野的氣味，朝他款款行來……他們並不說很多的情話……夏卡爾的衣釦再也扣不上了。而她，穿著她的白衣服，或是黑衣服，在他的畫裡飛來飛去，日益輕盈。

你看，你看，文藝復興的臉

好像是莒哈絲在哪本書裡寫過，是《直布羅陀水手》（*Le marin de Gibraltar*）嗎？她寫道：「汽車緩緩地攀爬上了高處，在山頂上，我們回望小城，夜色降臨，星星點點的燈火像是被打翻的星海。」這個意象一直儲備在我的審美經驗庫裡，我覺得讀書的快感正類於此，我們身為人，而不是一頭蒙著眼睛拉磨的驢，繞著一個固定的點，在僵化的半徑範圍內生活，我們得以戰勝這個點和半徑以及矇眼布的武器之一就是書，這塊矇眼布可能是一個男人，可能是一個家庭，可能是一份工作，它們匯流成卑瑣的形而下生活。書，是明亮的島嶼，是回首燈火人家處的一個山頂。

最近我爬上的一個山頂是文藝復興，文藝復興的字面意思是古羅馬人文精神的復甦，這個精神在漫長的中世紀被打斷過兩次，第一次是匈奴和日耳曼人的入侵，第二次是對拜占庭藝術的凌虐。14 世紀的羅馬只餘下文化和物質的雙重廢墟：貴婦被擄掠，修女在賣淫，古宮殿的遺址上野草離離，農人吹著牧笛在放羊，甚至連政治意義上的義大利也不存在，只有分散的城邦。離亂，血光，陰晦的政治鬥爭，城池的得與失，真像中國的戰國時期。

所有的精神文明都是由物質生產力推動的，為文藝復興買單的就是富有的麥地奇（Medici）家族式的君主，當他們的商隊越過了阿爾卑斯山、他們的商船橫跨過黑海，經過無數的算計、投資、貸款，他們口袋

裡的錢，多得足以漫出來，多到在買完了政府、議院、妓院之後，尚有餘額，他們就去找米開朗基羅（Michelangelo）或提香（Tizian）來，把過剩的金錢幻化成教堂的一幅溼壁畫、議院的一個廊柱，讓金幣凝露成文化的芬芳。

亂世不僅出英雄和佳人，而且出天才，這種天才長滿了文藝復興的節節寸寸。天才在拉丁文裡的意思就是「心裡被神靈激勵的人」，安傑利科修士（Fra Angelico）就是這樣的一個人，他不僅被神靈激勵，他差不多就是和他的宗教幻象生活在一起。他在一個小修道院的密室裡修行了一輩子，安傑利科並不是他的本名，只是暗喻他是「天使般可愛的人」。他的住處，也真是個天使棲居的地方 —— 全歐洲最好的陽光，像玻璃杯底的蜂蜜水一樣，甜甜香香的；修行密室的木頭小窗子，像嬰孩的耳朵眼一樣小而深邃。推開那扇小窗子，安傑利科修士，仰起他金髮下，有點孤寒的、長長的刀把臉，就可以看到太陽像金針一樣在空中飛來飛去，樓下是溫柔的灰綠色草地，長著四季不敗的花草。他是個多麼幸福的人啊，被他的宗教熱情滋養著，在他心裡，上帝、聖母，都是活生生和他生活在一起的家人，他大隱隱於心，在文藝復興喧囂的技術革新吶喊中，守著一顆安安靜靜的心，孤身走他的中古路線。

他曾經受教於羅倫佐（Lorenzo Monaco），但是並沒有掌握好透視技術和解剖學原理，技巧上的軟弱，使他筆下的聖母像，像是一個蒼白的扁平切片，或是天堂裡長出來的無土栽培花朵，全無一點泥土氣，完全沒有文藝復興後期人物像的肌理堅實、血氣充沛和逼人的體積感。也正是技巧上的軟肋，讓他筆下的聖母，成為最有神性的聖母。據傳從來沒有人成功地激怒過安傑利科，他差不多是個活體版的天使，我也不相信有人能激怒他筆下那些神遊方外的聖母。

與他相反的是利皮修士（Filippo Lippi），他對世俗生活的熱情遠遠大於對一個遠距離的上帝。領導者把他關在房間裡畫畫，結果他難耐慾火，把床單割開，編成攀索，從窗子裡爬出去泡妞。可能正因為他旺盛的原欲，他對女性的身體有一種直白的熱愛和理解力，因而他筆下的聖母是最有女人味的。眼睛裡溫熱的笑意，嘴角微微漾開的笑紋，這些常規甜味劑他都不屑使用，可是那純淨的甜意，全溶解在她低垂的眉睫、弓起的唇角、合十的手勢、起伏的衣紋裡，一點渣滓都沒有。他是你家隔壁的糖加工廠，你看不見一星糖霜，可是空氣都是甜的。

達文西，文藝復興的全能選手之一，他的興趣面，幾乎賽過了最廣角的相機鏡頭。他整天在街市遊蕩，記錄男女老幼的面部表情、動植物的運動與器官、田野裡麥波的潮起、天空中飛鳥拍翅的動作、山脈的環蝕與起伏、天地間風雷的湧動……他對萬物都有興趣，以至於最耐心的手也無法跟上他狂奔的思路。畫家只是他多稜身分中的一稜，他還精於物理學、天文學、化學、解剖學，他體內的清潔理性即使沒有打敗他的宗教情緒，至少也沖淡了後者，他的宗教畫中沒有其他畫家筆下常見的懷揣敬畏。哦，對了，還要補充一點，這個廣角鏡頭的注意力缺口，他唯一不感興趣的東西，是 —— 女人。看看，從女人那裡節省下來的注意力，就可以成就一個全能大師。

他是個私生子，在母愛缺席的冷場中長大，與繼母的惡劣關係強化了他先天反常的性向，他對女人的理解，看蒙娜麗莎就知道了，她眼睛裡閃閃發光的灼目神情，與其說是善意，莫若說是狡黠，她的眼睛太聰明了，似乎從裡面伸出手來，把對面的男人愛慕她的心思，都像大橘子一樣放在手心上掂量把玩。還是看達文西的聖母像感覺比較安全一點，他筆下的聖母是最家常的 —— 〈柏諾瓦的聖母〉（*Benois Madonna*），

好像剛從廚房裡出來，身上還帶著煙火氣，油光水滑的大腦門沾染著油哈氣，微禿的淡金色眉睫有點過日子的疲沓，嘴角掛著吃力的笑，窗戶開著，這笑被吹冷了，風乾了，還在笑。她的兒子將來是要救世的，還好她沒被這飛來的重任和幸福砸暈了，她只是很馴良的良家婦女，不管怎樣的命運，她都會卑順地與它和解——她笑了七百年。

拉斐爾（Raphael）筆下的聖母，臉盤子小而精美，是一個淺淺的容器，裡面裝著熱帶水果的甜而微醺——插個閒話，常常有人問我為什麼沒有笑的照片，我的回答很無奈：因為我是圓臉啊，笑起來臉會變短，更顯得無腦。要是男人就會做不解狀：圓臉好看呀，比較甜美嘛。我發現很多男人都是圓臉的擁護者，可能圓臉比較乖甜相。反觀長臉比較苦味和孤寒相，老了血肉鬆弛以後更是，但卻比較清峻，有種骨骼清奇的知性美。波提切利（Sandro Botticelli）的聖母都是優雅纖柔的長臉，拉斐爾的聖母卻都是幸福而祥和的圓臉。

他是個御用畫家的兒子，自幼生長在公爵府，他經驗中的女人就是宮廷貴婦，他把她們提純複製在他的聖母像裡。她們長著尖翹的小鼻子，那鼻子是用來聞花香、酒香、甜點香的；她們也有心事，不外乎是點奢侈的閒愁，社交場上的杯水風波；她們嘴角甜甜的，那是剛吃過奶油櫻桃、被情人深吻過的甜蜜。然而她們仍然有一種母性的舵樣氣質——拉斐爾自幼失母，這些貴婦對他還是母愛的代償，他長得漂亮，從來都是貴婦的寵兒。

有時我疑心文藝復興精神就是一種優美的均衡律，這種走平衡木的高手在文藝復興裡俯拾皆是：文藝復興之父佩脫拉克（Francesco Petrarca），愛上了薩德公爵夫人，他為她寫了 207 首摧心肝的血淚情詩，她海水般明亮的眼睛、火焰般灼熱的髮色，溶解在起伏的詩句裡，在地中海流域廣為流傳，可是據傳他連她的小手都沒摸過，而他自己卻縱情酒色，十幾歲時他就生了兩個私生子。薄伽丘（Giovanni Boccaccio），愛上了一個外號叫做「小火焰」的蕩婦，他為她寫了長達 9,948 行的情詩，這也沒耽誤他替另外一些更小的「火焰」寫了好幾百首情詩，他對前者的愛情批發，一點不影響他對後者的零售事業。灼熱的縱慾與絕塵的精神之愛並行著，婉妙的調和，溫柔的妥協，異質的對比和共生，層次紛紜的雜質之美 —— 這是我理解的文藝復興精神。

與酒色生活一樣，無垢的精神之愛又備受推崇，波提切利亦是個生活放浪的人，然而他渾濁的動物欲全沉澱在生活流裡，一點也沒有攪渾他在畫中對女人純淨的敬意。最美的聖母我覺得就是在他筆下：他筆下的女人都長著沉甸甸的乳和臀，開闊的骨盆，蓄滿了勃發的生育力，然而她們的母式的豐盈身材上長出的，卻是一張乾淨絕塵的處女臉，一看就是在蠟燭光下安靜長大的臉，完全沒有被電燈光催熟過的。光潔的月眉，纖柔的五官，象牙色的柔膚，欣欣垂散的金髮，在裙邊和背景上大朵大朵綻放的金色藤蔓纏枝花紋，都是當時翡冷翠貴族的口味。波提切利本人輕視抽象理論，也許連他自己也不知道，他畫中漫溢的奢華、寧靜、明亮的享樂主義，慾望的繁茂與回春，就是真正的文藝復興的人本精神。

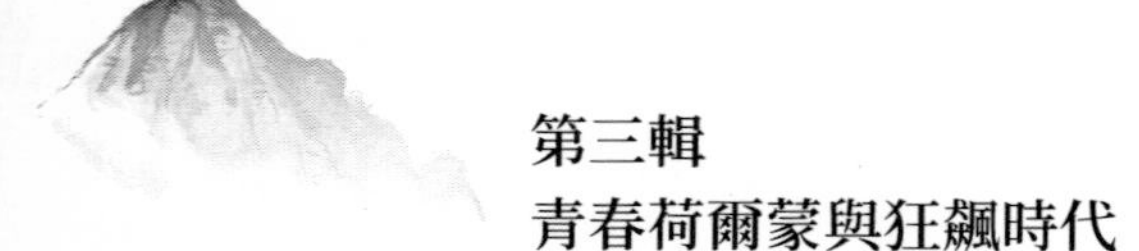

阿絲婭（Asja Lācis）的溫柔和甜蜜

雨還在下，一個人窩在小書房裡，暖氣打得足足的，窗子一會兒就變得白濛濛的了。一邊用手抹雨霧，一邊心裡想著那個叫班雅明（Walter Benjamin）的男人。在 1926 年的冬天，這個男人，穿過了整個歐洲大陸的冰凍雪原，去尋找他尚未成形的愛情，並且解決他自己的政治傾向（是不是保留黨籍）。他要去考察新生的蘇維埃政權，看看自己的學術生涯能不能在那裡繼續。火車轟隆隆地開過荒原，男人的心裡忐忑不安，微黃的初雪，像紙片一樣輕旋著飄下來，在普希金（Alexander Pushkin）的詩歌裡，它們曾經被比喻成處女，以形容它們的柔軟、堅貞和細潔。而此刻，在這個男人的眼裡，它們將一切都映襯得更加渺茫未知。

他投奔的那個女人 —— 阿絲婭，前幾天剛因為精神崩潰被送進了精神病院（後來這也是他們主要的約會場所）。他們之前見過幾次面，但一切都未成定局。他使君有婦，她羅敷有夫，他不能肯定和她之間的任何事情，可是她是他的生命線，班雅明好像離了這個女人就會飢渴而死一樣，可這是為什麼？其中的線索，在表象世界裡，真是無跡可尋：這姿色平平、脾性暴烈、自戀成寵、惜愛如金、時時瀕臨精神崩潰的神經質女人，情緒顛簸如高空氣流，難得有注意力高度集中的時刻，可是班雅明卻說，他愛她的溫柔。

這真讓人匪夷所思，然後就這麼一頁一頁，一邊燒水、煮蛋，一邊循序讀下去，發現班雅明的日記常常藏有這樣甜蜜的旮旯。「1926 年 12

月 12 日，阿絲婭坐在床上，我喜歡看見她打開箱子幫我收拾衣服的樣子，我喜歡她幫我挑出一條領帶的樣子。」「1926 年 12 月 27 日，阿絲婭為我煮了一個雞蛋，上面寫著『班雅明』，她把它鄭重地交給我。」突然明白，班雅明眼中阿絲婭的溫柔，恰恰成於溫柔的罕至。線性的、日常質地的、穩定的溫柔，就是大面積的一窪甜兮兮的糖水，早就把味蕾催眠了，而這麼一小片一小片的溫柔，就像廣東人的鹽水泡荔枝一樣，因為口感的反差，反而突出了片段的甜。甜味如沙裡埋金，一閃而過，把它析出，就可以調味之前和之後的苦澀。

班雅明所動用的形容詞，是我的注意力重心所在，就是不明白：明明就是個暴戾而吝嗇的女人，從不大膽對他示愛 —— 肉體上對他克制，最多只是「用手指深插入我的頭髮」，情話裡都惜字如金，不肯做出一點板上釘釘的切實保證，「嗯，有時間吧，有時間我會寫信給你，那要看我的身體情況了。」班雅明卻這樣評價她說：「很多年了，沒有人給我這樣的安全感。」那是 1926 年的冬天，他們走過聖誕前夜的大街，蘇維埃政權下的莫斯科帶著無法慰藉的郊區氣質：又大又空又荒寒，街道上是沒膝的積雪，雪光把照明燈的燈光照出幾百公尺遠。除了寥寥幾個啜泣的乞丐之外杳無人煙。他們一路無言，默默前行，在班雅明的小房間裡，熱呼呼的茶炊送上來了，「咕嘟咕嘟」地在爐子上滾。「阿絲婭背靠著小聖誕樹躺著，我能清晰看見她的臉，很多年了，我沒有這樣的平安夜的安全感了。我們說了很多很多話，之後她離去了，我被這晚滿滿的活動消耗過度，很快上床睡覺了。」

我想，班雅明可能屬於那種氣質貧弱，交流欲也淡漠的人，大多數的時間，他都活在自己的鬱鬱不安裡，心裡滿是死角和隔夜的心事，淤積出很多內傷。這本《莫斯科日記》（*Moscow Diary*）裡，他寫得最多

的，不外乎是莫斯科的市井素描，近距離的民生多半是他眼睛看到的，而不是憑交流能力得來的資訊，當然語言不通也是個問題，可是也看出一涉及集體活動他就很疲沓，很不安、焦灼。而阿絲婭呢，卻是一個說話不計後果、行動力健旺、熱衷於在公開場合展現鋒芒、與人口舌交戰的女人，像班雅明這樣一個自我黏稠、高度密封的男人，有時，也很需要這樣一個尖利的女人來刺穿他的內斂，讓他釋放。這個女子，放在人海中是不會被淹沒的，她不容易開心，可笑起來卻像個孩子；她容易滿足，心中卻有永恆的妄念與渴望 —— 如此強烈，以至生命對她，時常成為一種壓制與屈辱。她不美麗，她不賢淑，她不溫良，沒關係，我們愛她的真。

班雅明好像是家有賢妻的，可是為什麼只有一個情緒不穩的瘋癲女人才能帶給他安全感呢？難道班雅明君有受虐癖嗎？當然不是。呵呵，賢妻，一般都是雙手雙腳非常勤快，端茶送水，灑掃除塵，隨男人的手勢俯仰不已，可是她們的智性和性感，卻長年處在一種昏睡的惰性之中。而阿絲婭呢？她鮮有關心和照顧別人的溫情，她根本連長時間注目於另外一個人都難以做到。可是這個女人，智性卻非常活躍，她的體內有一個極其敏感的搜尋雷達，可以在第一時間內抓住這個男人的表達方向，並與他資訊對稱，獲得交流快感。有了她，他精神中最奢華也是他自己最珍愛的那部分 —— 他不被世人承認的學術成果，他孜孜研究，卻不為人注目的旮旯零碎，他心裡那些糾結未平服的荊棘，都有了被賞識和落地的機會。沒有交流對手的寂寞，終於被緩解了，這種「海內存知己」的踏實，才成就了安全感。

想想看吧，這個男人，他懷抱對蘇維埃這個新生政權的好奇、新鮮與冀望，來到苦寒的蘇聯近身考察，可是眼前的一切，都讓這個「左」

傾的知識分子失望：物資貧乏，交通閉塞，資訊不暢，政治空氣過度濃厚，文字獄還沒有大肆興起，之後被抓進勞改營的那批移民作家，現在還活躍在文化舞臺的前景上，可是空氣裡，已經有了冰雪欲來的凜冽氣味：所有的劇本和小說都被嚴格審查，能上演的最後只有橫平豎直的模範戲。低溫的政治氣候，比酷寒更要他的命。他像所有 1920 年代的知識分子一樣，在戰後的惶惶中無法立身，更不用說是立學立言，做一個亂世的學人，比一個搬家的大雜院裡找窩下蛋的老母雞還煩躁吧。原以為新生的政權是一個安樂窩，可是事實狠狠地扇了他的耳光。如失重心、心旌搖亂的惶惶中，她的那一點知己的暖意，更是救命的。

我覺得很有意思，愛情吧，它只能是一個人的事情，至多是兩個人，第三者一參與評判就煩絮了。我說，「愛情千古事，得失寸心知」，如果你說賢婦的柴米之愛才是愛，那麼最愛寶玉的是襲人；如果說關心對方的事業前程才是愛，那麼最愛寶玉的是寶釵。可是最重要的不是我們的判斷體系，而是寶玉的需求。他需要的，就是一個足夠大的精神自為空間，交流通暢，調情快感，這個，只有黛玉能給他。

這話題是扯遠了，最完美的答案還是由班雅明自己給出吧：

愛一個女人，不僅意味著與她的缺點相連，也不僅意味著與她的弱點相連，她臉上的斑點、皺紋、不整齊的衣衫、不勻稱的步伐，比一切的美麗的東西更能持久吸引你的注意。這是為什麼？因為感覺不是頭腦裡產生的，它是在身心之外，我們那眩暈的感覺，在愛人的光彩中，像鳥兒一樣撲騰著翅膀，鳥兒在樹葉裡尋找庇護，而我們的所愛之人，她們的皺紋、不雅的舉止、崴著的步態、明顯的瑕疵，都藏著我們的愛。人們不會想到，正是這瑕疵和可挑剔之處，才是愛的最安全棲身處。

—— 班雅明，《單向街》（*One-Way Street*）

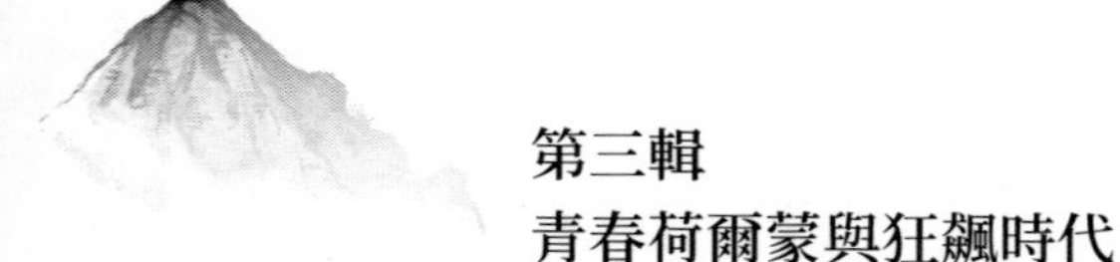

愛我，就對我守口如瓶

這本書，以它的毫無心機的粗劣樣子吸引了我。名字粗劣，書脊上死眉瞪眼地印著「愛與恨」三個字；裝幀粗劣，封面是托爾斯泰和太太的合影，像是顯影液擱多了又沒攪拌好，鬱鬱的暮色裡是兩張鬱鬱的老臉。托爾斯泰穿得像個農人：粗布袍子，腰間繫條粗繩子，腳下穿氈鞋，緊蹙的眉下，那雙著名的狼眼森森地直視前方，發出幽藍的光。

這曾經是一對神仙伴侶，也是一對曠世怨偶。在托爾斯泰莊園，那個連油燈都沒有的蠻荒農莊裡，這個照片裡的女人，當時還是個綠鬢朱顏的初婚少婦。每晚當家人全睡下後，補綴好全家的換季衣服，她用纖白的手指寫工整的花體字，一邊把她愛的那個男人白天寫下的字跡、飛舞的天書謄抄下來，一邊為書中的情節走向和人物的離合流淚，那本書叫做《戰爭與和平》，它的手稿有 3,000 頁，而她，整整抄了 7 遍，也就是 21,000 頁。

我試著為托爾斯泰換個太太，比如把杜斯妥也夫斯基的老婆換給他，可能托爾斯泰就成不了後來的托爾斯泰。（一）老杜的老婆體質孱弱，不可能夜夜為老托在油燈下疾書，此外還要在幾乎沒有外援的情況下，生養 13 個孩子，照顧一個大農莊、一個農民子弟學校、無數的托爾斯泰信徒。（二）老杜老婆的腦力，絕不能與托爾斯泰匹配，而後者需要的不僅是個資訊收集板，他還需要交流的快感。（三）神經強度。很久以前我說過，老托是個嚴重的分裂症患者，當然，這是天才的高發病，它可能也成就了他的小說事業，這樣的人很容易把自己代入角色思考。可是，和他們生活在一起是非常困難的。

真的，這兩個人無論腦力、體力，還是情感模式，都太匹配了。也正因為此，才能找到對方的痛點，彼此摧殘。突然想起阿赫瑪托娃（Anna Akhmatova）看完《安娜·卡列尼娜》後說的話：「托爾斯泰根本就不喜歡這個女人，至多只是同情，因為她是個婊子。」我覺得阿赫瑪托娃真是聰明絕頂，在老托的多重自我裡，至少有一重是對女人有敵意的、不信任的。一直到 34 歲遇見太太之前，他都過著非常放蕩墮落的生活，在高加索和哥薩克人混居的那兩年，他就像所有的俄羅斯軍官一樣，夜夜喝酒、賭博、嫖妓，還染了梅毒，並且和他爸爸的一個女奴有了私生子。老托從向托太太求婚到結婚，之間只給了對方一個星期的準備時間，他是怕自己動搖。他太知道自己的搖擺不定。而且這一個星期裡，他強迫對方看完他青年時的日記——記錄了他全部墮落生活的日記。

老托是個自省機制極度發達的人，一般人的自省力如果是 100 萬畫素，那老托至少有 400 萬。然而高度清晰、直白的誠實，它引發的一定是良性後果嗎？對一個只有 18 歲、在一個封閉家庭中長大、對男人的經驗是一片空白、對愛情還懷抱玫瑰色夢想的少女而言，這種真實又何嘗不是一種殘忍？

果然，這個少女幾乎被他逼瘋，當她流著淚看完丈夫的墮落日記後，她甚至還看到了日記裡的女主角——那個女奴，帶著她的兒子（和老托的私生子），常常來農莊裡工作，這個少女在日記裡寫，「那陣子我見到槍就兩眼發光，我一直想殺了他們。」而老托呢，還非常「遲鈍」地和妻子探討私生子的生活問題，並且在小說裡，把那個美麗的女奴一再

摹寫，連名字都沒有改。這些小說，都得由他的太太一個字一個字地重抄，就像是插入一把生鏽的鈍刀子，把丈夫與其他女人的豔史，一個場景、一個場景地拆散開，重新放映，凌遲她。

那麼，我們到底應不應該對伴侶誠實呢？我想祕密就像牛面前的那塊紅布，它能激起牛的怒火，不僅是因為它本身的刺眼色彩，也是因為它經過訓練的挑釁動作。算我懷揣小人之心吧，托爾斯泰把一切和盤托出，他的動機是什麼呢？是虐人？有這個可能，想起他之前追求的瓦尼亞，他可以通宵騎馬，越過潮間帶去看她；也可以令人髮指地菲薄她：「你真肥啊，拜託你無論什麼天氣都要去散步好嗎？你太蠢了，不可能理解我的智力生活。」他體內的那個愚夫被女人迷得神魂顛倒，而另外一重分裂的自我，那個智者，極度鄙夷女人。或許，他丟擲祕密是為了轉移道德負疚？也有可能，但最大的可能是一種理念的純潔，就像他晚年非要拋棄財產，與農人共享，從而與家人決裂一樣，有些理念，在真空運作的時候，真是完美圓熟，像咬著自己尾巴的金環蛇似的，可是它一旦落到操作面上，就是最沒有人情味的事。比如托爾斯泰的這種誠實。

然而誠實也可以是一種共同成長，我想起馬奎斯（Márquez）夫婦。馬奎斯年輕時頗為放浪，常常出入妓院，有一陣子迫於困窘，居然就寄居在一個妓院裡，還和俠氣沖天的妓女混成了哥兒們，後者常常從嫖客那裡偷來啤酒和煎雞蛋給他當作早餐。他還視一個老鴇為「第二母親」，後者常常為他打理生活，借出妓院裡的地盤為他舉辦文青派對。一開始我的理解是：哥倫比亞是個熱帶海區，加之拉美後裔都比較熱情奔放，這是個高度文化混血質的國家，簡直是個巴別塔，全世界的「枯枝敗葉」：難民、政治庇護者、投機商，都在那裡集居，所以那裡的人天生就有容納異己的寬容生活態度。

直到前一陣查資料時發現馬奎斯太太的一張照片，那雙美麗的杏仁眼，真是……撼人，照片是被反覆沖洗過的，微黃，有種時光沉沉的舊意，真讓人沉溺。我想：這是天蠍女，天蠍女常常會有這種時空恍惚的眼神，伯恩哈特（Sarah Bernhardt）、蘇菲・瑪索（Sophie Marceau），甚至那個醜醜的歐姬芙（Georgia O'Keeffe），都有這種眼神。一查果然。我霎時理解了，這是一個典型的「魚男蠍女」的愛情模式（馬奎斯是雙魚座），同為水象星座，蠍子是條暗湧的地下河，波瀾不起的、單向地流；雙魚是個水網，曲線思維發達，精靈可愛，想法多多，出口多多，總能迷住直腸子的蠍子。

13 歲，也就是小學畢業的那年，這個埃及血統的小蠍女，第一次被一個魚男求婚，之後他們經過又一個 13 年的愛情長跑，她在彼岸目睹著他從一個多情的少男，成長成一個溫厚的成年男人，他可以在她家窗下夜夜吹著六孔簫求愛，也會在途經的每一個港口為她寫下粉紅色的情書。而這些，都沒有耽擱他去嫖妓、找樂子、飽覽愛情沿途的風景。而她呢，只是水波不興地，在那裡等著與他的水系匯合，他始終會回歸她，這點，他知道，她也知道。

有一種祕密只能在暗夜盛放，比如蔣韻筆下的愛情，蔣真是寫暗戀的聖手。《上世紀的愛情》把我看得大慟，愛情的質地就應該是這樣：蓮花美在未出水時。愛你，且讓我終生為你守口如瓶，就像書裡的那個女孩，直到心愛的人死後，才用他教會她的手語，在他的槍決令前，一個字、一個字無聲地說出「我愛你」。後來蔣又寫了《隱祕盛開》，書中最動人的一段，是那個女孩在暗戀她的那個男人臨終前的床頭，蒼蠅吸著他的血，他用詠嘆調表述愛情，真是悲壯極了，悽美極了，也失敗極了 —— 祕密，好比暗夜裡拔節生長的植物，它的幽香，一旦暴露在日光

下，就蒼白，失血，灰飛煙滅。

我見過最美的祕密是在一本書裡——《齊瓦哥醫生》（*Doctor Zhivago*），讀書的時候，腦子裡都隨時配備燈光師、化妝師、演員，一邊看文字情節鋪陳，一邊就相關場景動態成活。這個故事在我的腦海裡被剪接成：「拉拉走在黃昏紫色的暮靄裡，身後是公車上的齊瓦哥醫生，他看到她，飛奔下車，心臟病發作，就在他愛的這個女人身後，慢慢地倒下，而她，還在大步向前，以她一貫明麗的樣子，無畏地向前走去。」這個祕密的動人處在於：它是天設計的，不是人設計的，拉拉永遠不會知道，她這一生，再也見不到她深愛的那個男人了，她滿懷堅定的希望，背對祕密，向前走去，把這個陰冷的祕密拋給了讀書的我們。背對祕密，漸行漸遠的拉拉是幸福的，而從她手中接過祕密的我們，是痛的。

肥肥的日子

現在我每天都睡得很早，又起得很早。生活裡一下憑空多出好多早晨來。薄雲天，晨光照得一切都是灰亮的，屋瓦上居然有鴿子在走。薄薄的光線，薄薄的雲層，薄薄的車流，薄薄的悲喜莫辨的心思，薄薄的早晨。法語裡，與「薄薄的」相對的是「厚厚的」、「肥肥的」。肥話就是葷話、黃色笑話；肥湯就是濃湯；肥肥的日子，就是閒暇寬裕、起坐舒緩的日子。

好像很久沒有讀書的慾望，很本義地讀，就是小聲地把它讀出來。我老是和他們說，我不喜歡海明威，除了這個人的首尾之作 —— 最早的寫密西根北部的那些短篇，晚年的寫巴黎流離生涯的散文體回憶錄《流動的饗宴》（*A Moveable Feast*）。前者明晰、緊實、自制，充滿像初日噴薄而明亮的才情；後者溫煦、緩和、回味悠長，像暖紅的落日。

在讀的這本是《流動的饗宴》，想讀出來是因為它的好情緒。好技術的書太多，好情緒的卻實在太少。這個好情緒，卻並不是成於肥肥的日子，雖然當時海明威正年輕，有大把的青春在手，一切都剛剛開始，一切都來得及，積而勃發的野心、由未來而透支的信心，再遭遇上 1920 年代的巴黎 —— 「薔薇色的天空，濁綠色的水」，全世界的青春都在那個光怪陸離的地方被催發。

然而我覺得不是，這本書的舒張，是來自一個功成名就、坐享盛名的老年人的安全感，和優渥生活帶來的自得。朝花夕拾，朝瓦夕不拾，足夠

的安全感讓他鬆弛，可以寬柔地過濾掉早年日子裡的黴斑、暗斑。不再去想冬天連取暖的柴火、保暖的內衣都買不起，只能把長袖運動衫一層又一層地貼身穿著的窘困；不再去想住在連淋浴間都沒有、一顆橘子不帶進被窩過夜都得結凍的寒屋；不再去想住在最窮的街區，每層樓只有一個公廁，夏天運糞車的臭氣漫上來，孩子請不起保母，只能讓一隻大肥貓看著搖籃的困苦。這些，因著一個發光的老年，而被原諒，繼而輕鬆地、毫無怨氣地笑談甘甜的白葡萄酒、多汁的蠣肉、春天將來時森林裡的芳香暖風。

然而他記得那種餓的感覺，在海明威早年的小說裡，人物都骨架堅實，大塊頭、大脾氣、大食量，他們總是坐下來就想喝一杯，這種飢餓感，到現在我才明白，是寫書的那個人，他勃勃而不滿足的食慾，滲透到了他的書頁裡。這種餓，並不是吃頓大餐，再和心愛的人雲雨一番，再在次日熹微的天光裡，孜孜地寫上一上午，就可以去安慰的餓。不是，它不是身體之餓，也不是性慾之餓，它其實是一種名利之餓、企圖心之餓，它是由受阻的失意、受挫的恨意積聚而成的一個髒髒的小水窪，在這個水窪裡，很多過路的人，都被映襯得變了色。所以，當海明威隔著豪華飯店的玻璃窗，看著當時業已成名、崇拜者擁簇腳下、臉色煥發的喬伊斯（James Joyce），連海明威自己也在想，到底「我的餓，有多少是胃裡的反應呢？」

當時他遠未成名，不過是成千上萬在巴黎混日子的文青中的一個，衝著這裡戰後的低生活水準和老歐洲的文化底子 —— 然而這麼說也不對，他非常自律，每天不完成一定程序的工作，就內疚得無法吃午飯或去看一場賽馬。這個習慣，我記得一直延續到他盛名之後。那是我在另外一本傳記裡看到的，他早早就懂得愛惜並經營自己的天才，每天絕不寫到力竭，而是留一點靈感的水源，等著潛意識去滋養它。他最大效率地經歷和觀察生活，卻不會為之所累，無論喝酒或交際，絕不能影響他的工作。所以，他沒有像他的同時代人費茲傑羅（F. Scott Fitzgerald）那樣，生就蝴蝶翅膀那樣的美妙圖案與飛行能力，卻不懂得保護自己的天才，早早被奢華的社交生涯磨損了翅膀上的花粉，最後連怎麼飛翔，都不再記得。

他是個骨子裡很自傲的人，也許世界觀嚴苛，很容易看出一個人的不潔處。在他的眼界裡，幾乎沒有褒義狀態的人，即使被美酒、暖氣、文化名流的雲集、成名的機會所吸引，和當時的文化名人史坦（Gertrude Stein）交流甚歡，可是仔細想想看，他是一個何等懷才自信的人，可是他卻很懂得自抑，說得少，聽得多，從不談及自己，只是溫馴自甘地提供一雙大容量的耳朵，供自戀的史坦傾訴和洩憤，讓她把自己踩成一條展現自我的伸展臺。一個自戀的人，在一個自抑的人面前，是最危險的，她會最大限度地被那種溫馴按摩催眠，然後最大功率地釋放自己的醜陋面。結果幾十年後，談到這位已經謝世的朋友，海明威的句式突然變得曲折且迂迴，包裹著他當年隱而未發的惡意。史坦在他筆下是一個不能容納異己的狹隘者，有不潔的性傾向，「從未見過一個人對另外一個人發出那樣噁心的聲音」，他這樣形容史坦和她的女伴。

他和所有的小說家一樣，臆想能力遠遠大於寫實技術，當他在巴黎時，秋冬交接處的微涼體感，枯枝映在瓦藍天空上的明淨線條，微微裹緊上衣的薄寒，就可以是一只最輕巧的樞紐。開啟記憶的開關，他寫家鄉，那個密西西比河畔的小鎮，同樣的秋冬日子裡發生的故事，歷歷如在目下。吃一口肥美的鱘魚，記憶再次啟動：這次呢，是家鄉的小水柵，乳白色的浪花撲在上面激起的碎沫，只有在遠離事發地的他鄉，才能最貼體地還原場景。所以，他最好的巴黎隨筆，也是在古巴那個熱帶小島、在海潮味道的腥風裡寫下的。

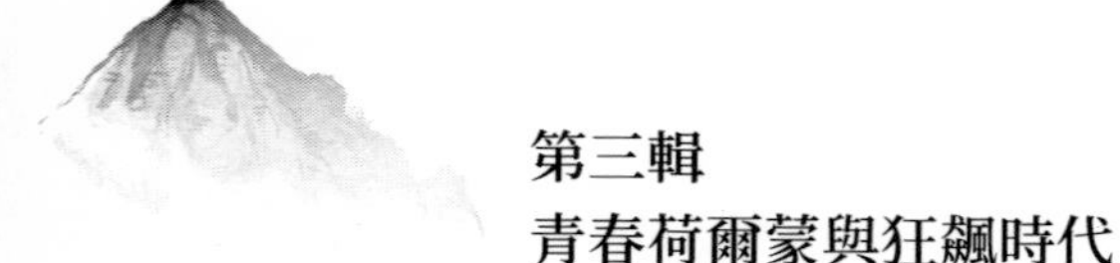

猶如上帝對約伯（Job）

場景一：1944 年，盟軍在諾曼第成功登陸，只用了若干天就長驅直入巴黎。在巴黎的一家小酒館裡，浩大起伏的歡呼人聲中，走進來一位魁梧的青年。很奇怪，說他魁梧，並不是因為他的身形，事實上他的身高和體重都是常態，但是那種視覺衝擊力，見過他的人都說無法忘記。這衝擊力由勃勃的生機、噴鼻的酒氣、煥發的神采、喧喧的笑語、明亮的牙齒、堅定的步態組合而成，他越過人群，直奔角落，而他的步態所趨處，亦被瞬時照亮。我們這才看到，角落裡還蟄伏著一個幽暗的青年，他長著黑頭髮、黑眼睛、黑睫毛，裹在一襲雨溼的黑色軍用雨衣裡，臉上盤旋著鷹様陰鷙的黑色神情。陽光少年上前逼近一步，黑色少年就自衛性地後退。

請原諒，其實場景一純屬我杜撰，因為很多年後，當海明威回憶起在酒吧遇見的這個叫沙林傑的青年，他只淡淡地說：「這個陰森的人，小說倒寫得他媽的還行。」除了這個骨感的評論，剩下的，聲音、氣味、天氣，都是我配置的，我覺得在一個笑語漫溢的熱鬧背景上，更可以析出這兩個人的異質。在這類底色上，海明威永遠是最活躍的那塊光斑，就像沙林傑永遠是最黴溼的暗斑一樣。

這個通體黑色的男人，在戰時被編入步兵部隊，他從軍校畢業，以為戰場是可以實踐人生的意義的地方，直到上了軍艦被送往歐洲戰場，聽到艦艙外戰友們此起彼伏比賽放屁的聲音時，他第一次聽到理想幻滅、類似於玻璃器皿落地的碎聲。而這只不過是個開始 —— 他在猶他海岸登陸，第一輪戰役已經打過，戰場上是遍地的陳屍，一眼望出去幾公里都是簡陋墓碑、纍纍的白骨，衝進鼻孔裡的屍體焦糊味，就此跟了他一輩子；連續幾個月棲身於狐狸洞裡，那是一個比棺材還小的窄洞，就地挖掘，蜷伏在洞穴裡，身下是血溼的凍土。眼前可能是戰友的一隻手、一條腿，頭頂的天空和大地一樣昏暗，白晝是黑夜，被炮火照亮的黑夜才是白晝。他整整一個團的戰友的名字，從此停留在猶他海灘森森而立的簡陋墓碑上。1944 年的某個月，百分之六十的人死於非戰鬥原因，也就是凍傷。他的母親從大西洋彼岸寄來手織的毛襪，母愛頑強地穿過封鎖線，穿過戰火和炮擊，穿過戰時的物資匱乏，穿過官僚主義的潦草和敷衍，這一週一雙的溫暖牌襪子救了他的命。

當他歸來時，身體裡還殘留著好幾塊霰彈的彈片。他的臉長年地肅然著，像是他自己的墓碑，一塊上好的石碑被雕刻出來，需要一把最有力的鑿子，死亡還不算是，令人憎惡地活著才是。他本以為他是救世之棟梁，不曾想到自己只是一雙拋棄式筷子，他被這場荒謬的戰爭潦草地使用完了，雖然形體完整、質地尚佳，可是沒有用，他已經過期了，他知識儲備裡所有的哲學和是非觀都不夠用了，也不足以解釋，為何人們的鮮血要大規模地流淌在大地之上。但至少，一切的瘋狂都應有人生的頹敗為底。他崩潰了，可他還年輕，信仰死了，他還得活下去。

場景二：烏斯地，有一個人名叫約伯，他生了 7 個兒子、3 個女兒，他的家產有 7,000 隻羊、3,000 隻駱駝、500 頭驢、500 頭母牛，許多奴婢，他整日呼奴使婢……這個人在東方人中稱至大。這時，上帝就派撒旦伸手去毀掉了他的一切。「野地裡有不知來處的狂風，擊打房子的四角，孩子們都被傾頹的房屋壓死了，上帝毀掉了他的一切，除了性命。」約伯澈悟後，便起身，伏倒了便拜，說我赤身來此人世，也必將赤身歸去。

——《聖經·舊約》

每次我讀這個故事，我都在想上帝的意圖是什麼，取個直線的解就是：上帝希望解除約伯的戀物欲，破除一切對外物的依賴，去掉物執，破了我執，讓他附著在幻象上流動的快樂，有機會凝固成固態的幸福，而這個幸福的基礎是謙卑。

可是當約伯降落人間，附著在不同肉身時，因為個體差異，這些人間版本的約伯反應可是完全不同的，比如海明威版的約伯可能會這樣記敘戰爭：「哈哈，那時我被排擊炮擊中，小腿上取出 227 塊彈片，最漂亮的女孩都為我哭泣，她們來看我時，從床邊的小罐子裡摸幾塊我身體裡取出來的彈片走，一邊走還一邊哭。」海明威的戰時回憶錄，我看該更名為海明威故事新編，這些海水般明亮的情節與其說是複製實情，莫若說是放大光斑，它們被臆造出來，只是為了和一個明星作家、一個硬漢代言人的表演者配套，戰爭強化了他的表演人格，看，這就是海明威版約伯。

而沙林傑版約伯呢，戰爭奪去了他的一切：身心的健康、明亮的人生觀、愛能的全部儲備，回到美國後，他的黑色從衣飾蔓延到家居物品，從生活的外圍侵蝕到核心，他開始使用黑色的床單、黑色的櫥櫃，牆壁也被他粉刷成黑色。他終生地服著這場戰爭的孝，他把自己埋在一個人造的活墳裡 —— 在一個荒涼小鎮的邊角地帶，他用《麥田捕手》（*The Catcher in the Rye*）的版稅，幫自己買了一個山頭，在上面造了一個石頭城堡。城堡的地界是二大五小，一共七塊墓碑。寫到這裡，一股森森的寒氣已經向我逼來。

他的下半生，都在機械地複製他的痛感小說裡的生活模式，一個孩子，被社會秩序逼至懸崖的邊緣，逼至旮旯，在命懸一線時，被另外一雙童稚的手解救，這雙手可能屬於比利或非比（《麥田捕手》），可能屬於愛斯美（《為埃斯米而作 —— 既有愛也有汙穢悽苦》〔*For Esmé—with Love and Squalor*〕）。在小說裡，這些孩子隨著他的臆想氣質和打字機的嗒嗒聲，被機械地成批生產出來，在現實生活中，他則手工製造了這些孩子，來解救他自己。

這個可以解釋為什麼他的伴侶都極年輕，他的妻子克萊爾（Claire Douglas），和他在一起時是 16 歲，情人梅納德（Joyce Maynard）是 18 歲，他的最後一個太太可林（Colleen O'Neill）是 19 歲，她們和他的年齡落差分別是 18 歲、34 歲、50 歲。他漸漸老去了，他的擇偶觀可是永遠年輕的。這些小女孩都成長在清教徒家庭，符合他的「純潔」標準，她們處於人生最敏而多思的裂變期，也賦有自省氣質，她們像是一棵棵小樹，被沉沉的樹冠壓得折腰，卻不足以自救，以為對岸的男人可以扶持她們一把。結果他把她們從既成的生長秩序上掐枝下來，斷絕了新鮮的養料和水，把她們拖進他的小宇宙，他是她們的太陽神，而她們不過是他的流星雨。他向她們規定了唱片、讀物，甚至電視頻道和衣服牌子，還有待客名單 —— 這個名單裡的人數從沒有高至兩位數。我想起他女兒寫的回憶錄，「小時候，我家裡的客人，全是米高梅公司生產的。」也許這就是人間版約伯對上帝的報復吧：你讓我的世界崩塌了，沒關係，我可以關起門來，反手做個小型的上帝。

而這些被他製造出來的新一輪女約伯呢？她們得用他的眼睛去看、用他的耳朵去聽、用他的思路去想。她們，準確地說，她們本人已經沒有了，她們的自我已經被他壓扁成一塊活體反射板了，反射他的語錄、他的情緒、他的觀點。而她們得到的，是寒流驟來的冬日，趴在窗口，看一日早於一日的日落，在冬霧裡被模糊掉的湮遠的地平線，永遠被隔絕的室外生活，室內只剩下桌子上攤開的花生和瓜子，非交流狀態的對

話，看不完的 1940 年代老電影，人造的懷舊氣氛，那是這個老男人替自己青春期保鮮的方式。在過時的臺詞裡，屋裡漾開一個老年人昏昏的睡意，肩膀上靠過來一顆白髮紛呈的頭顱，隨呼吸發出老人的惡劣口氣——這一切，對一個孩子，是何其殘酷。

她們必須忠於自己的「孩子」意象，一旦她們出現不純潔的徵兆，比如他的妻子和情人懷孕，或是作為他的女兒，居然胸部開始發育，來了月經，他就冷落和驅逐她們，因為她們傷害了他的純潔理念。這個半瘋的上帝，他以毀滅他人為代價維持自己的生存，他在自己的死亡中死去，還要別人在他的死亡中再死一次。最後，他手中的「約伯們」，都先後精神崩潰，她們的選擇是：要麼把自己的人格溶解在他的人格中，比如可林；要麼加速從他身邊逃離，比如克萊爾、瑪格麗特。後者也是一種自救本能吧，然後，她們像戒毒一樣戒掉對他的愛情、對他的病態需求、毀滅性的寄生習性，在廢墟上一磚一瓦地重建自己的日常生活。

第四輯

日常生活的質感

渴

離開的那天，正好是寒流南下，他送我去搭機場巴士，天是結結實實地冷，他和我，是結結實實地相對無言。坐在候機廳裡看到的南京天空，已經開始有點雨雪霏霏了，以至於到了雲層之上，驟來的白亮日光，在看慣了冬日慘淡陽光的眼睛裡，竟帶了殺氣，像白刃。我想，好了好了，我就要飛過身下蟻行般的中國東南海岸線，以及和這條海岸線平行的降雨帶，還有這塊灰色的雨區，我就要看見我的大海了，我想了它兩年，請原諒，我知道我年已老大，抒情應該節制與深沉，我只是沒辦法解釋，關於我的渴。

飛機降落時，機場的草地綠意就比南京盛得多，像是從冷色調的荷蘭畫派中起飛，降落在拉斐爾前派中，紅花照亮離人眼，綠樹翻滾如碧濤，濃烈、飽滿，想起一本小說：《耳光響亮》，這麼大方潑墨的熱帶色彩真是扇我這個南京女孩的耳光。熟練地搭上機場巴士，熟練地循跡找到當年的旅館，熟練地推開半朽的老式木頭窗，樓下的香樟樹已經長得青蔥逼人。小時候看誰誰的一篇小說，說她家樓下有一棵大樹，葉子茂盛得讓她感覺像綠濤拍岸，當時感覺這個女人真是忒矯情，原來，閩南的春天確實是這番盛大、早熟和洶湧。我覺得……渴。

放下行李就去看海，時已黃昏，公車在暮靄裡穿行，行人三兩拎著菜籃，情侶依傍而行，我這個愉快的單數，換了單衣，跳上 82 路車，坐到珍珠灣下來。我想這片海，想了兩年，待見到了，卻完全不是我記憶中的模樣，記憶中的它是淡墨潑就，像中國水墨畫，滿蓄風雷的沉沉暮氣，僅有的留白處是天地間的沙鷗，可是眼前的它，卻是溫柔的灰紫色 —— 勿忘我花失了水分，純藍墨水寫就的情書，筆墨褪色之後，就是那種溫柔的灰藍色，它溫柔得讓我想落淚。

心裡有首詩的碎片在拍岸：「我嚮往水手們的愛情／親吻然後便離開／留下一個諾言／然後一去不復返／每個港口都有女人在等／海員們吻她們／然後便離開／到了晚上／與死神躺在一處／大海是他們的床鋪。」 —— 是聶魯達（Pablo Neruda），為大海而生的詩人，他寫這首詩時只有 19 歲，他深愛的這個女人，他叫她「瑪莉松布拉」，意思是大海和陰影。他的情焰灼灼逼人，她呢？卻像海水一樣，是個遲鈍卻溫暾的介質，甚至，她的反射弧比海岸線還長，他愛了她十一年，等不及她的陰影退卻就走了，而她呢，卻把這段愛保溫了一輩子。

聶魯達寫這首詩時只有 19 歲，詩裡的絕望卻是他一生的愛情底色，19 歲時他就洞穿天機，知道所謂愛情是不存在的，我們從來就不是和什麼具體的人戀愛，我們只是與孤獨周旋，所有的愛情都是海員的愛情，不管岸上有沒有人在等我們。這首詩先是讓我絕望，然後是幸災樂禍，一個 19 歲就洞穿天機而且揮霍謎底的人，的確是太任性了，活該他後來命運多折。去國離鄉，又得不到他心愛的「大海與陰影」，為了解孤獨的渴，乾脆娶了個連語言都不通的女人。最後把這個女人也連帶逼瘋了，半夜裡拿被子蒙了頭狂吃餅乾。什麼叫飲鴆止渴？這就是。

他還為他的大海寫了這個：「我記得你恍如那年秋天時的模樣／灰色的貝雷帽／平靜的心／你的眼裡／黃昏的顏色在搏鬥／你靈魂的水面上落葉紛紛。」他深知這個女人的水性：不是水性楊花的水性，而是 —— 你靈魂的水面上落葉紛紛，這個女人的氣質靜美如雨前的大海，深情在

睫，孤意在眉，落英繽紛，只映襯出她的不動聲色。你投放再多的熱能，她也是吸納不驚，然後，在你已經冷卻的時候，她還微溫著。這樣的女人，這樣的水性，是有毒的，如果你無法得到，就會終身制的渴。那種渴，你只能躺下，把臉轉向一整面大海，才能微微地緩解。

而大海呢？所謂的大海是不存在的，我懷疑，我在岸邊的碎磚石裡跳著走，浪一口口地咬我的褲腳，所謂的大海，是不存在的。它沒有形狀，無可比擬，它只是含在唇齒間一點鹹澀的腥味，它只是衣角被風吹起的一點起伏，它只是岸邊沙地裡，風化半朽的一堆灰白船骨。當我們背對人群的時候，我們自以為「面向大海，春暖花開」，其實不是的，我們更愛的，只是這個轉身的動作。

突然想起車開的時候，透過結了水氣的車窗，看見你在做手勢，一開始是用拇指和小指，翹成一個聽筒狀，然後是兩手的拇指和食指，拼成一個四邊形 —— 第一個手勢是說到了以後給我電話，第二個是說錢不夠我給你卡裡匯過去。這是我和你在一起的第八年了，所有的示愛都可以濃縮成一個手勢，或是眼簾微微下垂的一個角度。我們全身都布滿默契的開關，語言已經淪為裝飾物，我懂得你，並且我深愛你，這個世界上的一切，都是無序、不講道理、讓我害怕的，唯獨你。可是即使是對你，我也無法解釋，那種渴。

所以，我飛到一千里以外的別處，陌生的屋子裡，床頭異鄉人留下的體味，春意深深的空氣，叫不出名字的南國植物，芳香強勁的微辣氣味。夜來飲水機燒開水之後的咕嘟聲，打錯的一個電話裡，零星的閩南語，平仄分明的上坡又下坡，在夜裡聽得分外驚心。這一切，孤獨的注腳，都在解我的渴。然而另外一些渴又隨即而來，手指渴了，它摸不到熟悉的鍵盤；舌尖渴了，它被閩南攝氏二十幾度的高溫弄得汗意涔涔，滿大街遊走，尋找降火的王老吉涼茶；腳步也渴了，它在中山路段，徹底被那恰如芳草，更行更遠還生的道路弄暈了。

在買到涼茶的那家地下小超市裡，一臺舊電視正在放《新聞聯播》，天氣預報的聲音浮在沙沙的雜音裡，「華北、黃淮、江南，已經大範圍地降雪」，「江南」二字，讓我慣性地轉過頭去，直直地對著電視螢幕。那裡面，大朵大朵的雪花，無比端莊而又怔忪地飄下來，我看看左右，腳著靴、身著裙、手上環珮叮噹、一身亮色衣服、三兩喧笑而過的閩南少女，我知道，沒有多久，我就會開始渴念江南溼雪的那股子清淡的體味，天地如洗的寂滅感，雪松、灰瓦、白牆……寂滅之色的古都，著寂滅之色衣飾的行人，還有我寂滅的愛情。

而這一切，果然很快就發生了。

落櫻情節

在我看來，岩井俊二電影裡的唯一一個主角就是青春期——《四月物語》裡暗香緩釋的青春，《關於莉莉周的一切》裡的狂飆的青春，《花與愛麗絲》裡謊言怒放的青春，《燕尾蝶》裡受挫斷翅的青春，《煙花》裡祕密開放的青春，岩井俊二電影裡的配角才是與青春期平行的愛情，而正如我們所知：愛情也好，青春也好，都是具有強烈揮發性的芳香物質，想要長效保鮮的方式無非兩種：一是把愛情的載體，也就是肉體這個容器打破——就像《失樂園》裡凜子和祥一郎，為了杜絕愛情的衰敗，在其達到頂點的時候雙雙服毒自殺；二是讓這種愛情變成某種植物性的存在，摒棄肉慾的成分——《花與愛麗絲》裡沒有男女肉體短兵相接的場面，反覆出現的倒是那些少女習舞的鏡頭，岩井俊二電影畫面的油畫質感，以及他對肉體的態度，都有點類似於嗜畫舞女的竇加（Edgar Degas），是審美的、禮遇的，甚至常常是將肉體懸置不用，然後，赤手為青春作傳。

《花與愛麗絲》裡的愛麗絲，和《四月物語》的卯月一樣，都是五官精緻的女孩子，長得冷香襲人，乾乾淨淨的一張臉，上面只有揮灑無度的喜與怒，那張臉帶著中世紀聖母像裡的那種無慾無染的空氣，好像都沒有被現代文明催熟過似的。這張青春逼人的臉，比一切的道德律都有說服力，因此，我們可以原諒她的貪歡——每一場青春都有自己的發瘋形式。我隔著鏡頭，看這個女孩子梳著麻花辮，穿著黑校服、小白襪，橫穿過茫茫的雪野，看著她把紙杯套在腳上代替舞鞋，翩躚自得的繽紛舞影，就像看到一棵綠色植物在日光下拔節生長，青春的體香漫溢在情節之中，雖然那情節不過是頂稀薄的一點寫實空氣，幾乎是經不起推敲的。

故事裡的花與愛麗絲是好友，她們一起走過青春期這個漫長的金色甬道，在甬道兩邊散置著一些閃閃發光的日常瑣事——火車上遇見的帥哥，週末看的一場恐怖片，打打鬧鬧的芭蕾課——她們幾乎是結成了生命共同體，在很多事上都有情緒共振，比如說她們都迷戀偶遇的帥哥，不過愛麗絲的性格較外向些、是揮發性的；花則是內斂的、密封度高一點，也正因為如此吧，在沉默中，這個暗生的情愫被她打磨得異常精緻和尖利，只等時機一到就要出鞘。

花開始天天尾隨那個叫宮本的男孩，設法加入了宮本所在的相聲社團。某天，如往常那樣，沉迷於相聲研究的宮本，手持文庫本小冊子邊走邊看，竟一個不留神撞上了一道鐵門昏倒在地，醒來時出現了短暫性的「記憶喪失」。而每日潛伏在宮本活動半徑附近的花，適逢此時此景，急中生智未容細想，對著剛剛醒轉的宮本，便撒了個不大不小又禍害無窮的謊，說：「我是你的女友，你曾經求愛表白過的女生。」自此，故事開始微妙展開。宮本將信將疑之下，也只好配合花開始了一場從謊言開始的偽戀愛，可是這個戀愛的劇情流向卻脫離了她的控制，自行發展了：協助參加這個無稽謊言的愛麗絲，反而讓宮本一見鍾情了，於是風雲又起，花只好將錯就錯，說愛麗絲是宮本的舊日女友，然後三個人就在這個謊言的迷宮裡漂流著，這真是行走在懸崖邊的愛情啊！就好像是：謊言和愛情緊擁著跳貼面舞，在越來越快的旋轉中，這個謊言隨時都會把愛情沿切線甩出去。

岩井俊二的導演風格是那種學院派飛行員的風格：有人告訴我，飛行員也有不同的駕機風格，學院派駕駛員都是讓飛機徐徐起落像放風箏，而開過軍用機的駕駛員卻是作風強勢，起落時幅度很大，讓乘客瞬間失重。岩井俊二就是前者：敘事溫和，情節起落很小，不會讓你有踉蹌的感覺。在情節線的骨架上，還橫生了一些精緻的細節。當我們看見愛麗絲被星探挖掘後，一次次去奔走試鏡，在鏡頭前生澀、無措、張口結舌的樣子；當我們看見她被導演、製片奚落挖苦時，我們的心裡怎麼能不湧起一陣溫柔的牽痛呢？因為這個故事的主角 —— 青春期，是我們每個人都熟識的，我們天天都要經過這條叫做青春的單向街，撲面而來的街邊風景都是我們熟知的。而生活，有時粗糙得就像是一雙戴著鐵手套的手，在揉捏我們的心。

從影片中我們模糊地知道，花與愛麗絲都是和單身母親生活在一起，也就是說，她們都是在陰性的環境中長大的，為了祝賀愛麗絲升入高中，爸爸請她吃了一頓飯，兩人相對無言地枯坐著，處於非交流狀態之中，連身體語言都是：爸爸向前湊近，半成年的女兒則連忙閃躲 —— 女兒已經瞞過了他的眼睛，偷偷地長大了，他簡直不知對這個睽隔已久的女兒說什麼好，然而回憶還是在一點點升溫，他們絮絮地說著一些日常零碎，也正是這些往昔的絲縷回憶，結成了一張輕而結實的網，把他們的親情打撈上來了。最後愛麗絲用爸爸剛教會她的陌生語言 —— 中文說「我愛你」的時候，我們知道她是愛他的 —— 在一個比語言、比回憶更深的地方，在昏暗、矇昧、不透光的意識深處，她是愛他的。

愛麗絲和花帶著宮本共同踏上尋找記憶之旅，實際上，愛麗絲把自己對爸爸的溫情回憶折射其中了，她帶著宮本去海邊玩紙牌，這是童年時爸爸帶她去過的地方，甚至連劇情也重疊了，同樣在海邊，一陣海風把牌吹走了，只是這一次，手忙腳亂去撿的這個人是宮本，他還偷偷地藏起了愛麗絲的紅桃 A。愛麗絲脫口對花說：「今天，讓宮本屬於我好嗎？」花立刻奮起捍衛自己的愛情，花和愛麗絲在沙堆上扭打起來 —— 少女友情中背光的那個陰暗處開始露出獠牙⋯⋯愛麗絲發現自己愛上了宮本，這場建構在謊言上的愛情越來越泥濘起來，她帶他去划船，坐電動玩具，帶他去茶室吃海藻布丁，仍然是複製記憶中的父愛。當宮本識破了謊言，用藏起的那張紅桃 A 向她示愛時，她哭了。新生的愛情枝葉覆蓋了記憶和謊言，最後愛麗絲用爸爸剛教會她的中文向宮本說「我愛你」的時候，我們知道：那一刻，她是愛他的，他們已經被自來的愛情說服，委身於這偶然的幸福了。

這不是一部鮮豔的電影，也不是一桌視覺的盛宴：充斥畫面的盡是儉省寒素的植物系色彩：晨光熹微中的雪野是蒼灰色的，少女的芭蕾舞裙是羽翼勝雪的白，此外還有四月的櫻花，顏色像初雪。櫻花是岩井電影中高頻率出現的抒情道具 —— 正如我們所知，這是一種開起來不留餘地的花：生得熱烈，死得壯烈，花期極短，因而它是沒有衰老期的。在日語裡，櫻花的寓意就是「殉青春」 —— 盛大開放的青春，漸行漸遠的青春⋯⋯樹下落櫻如雪亂，拂了一身還滿。

日常生活的質感

是在折扣書店看到這本書的——團伊玖磨的《菸斗隨筆》，名字很閒適，裝幀很閒適，略翻兩頁，老先生的筆法很閒適，叼著菸斗的側臉也很閒適。另外，價錢也很閒適啊，78 塊錢的書磨到 20 塊就成交了，如此之大的降幅，見便宜不占，實非人情。就抱著 20 塊的期望值去看好了，想想看點日本的風土人情也值嘛，結果倒有點意外之得。

《菸斗隨筆》是為《朝日畫報》寫的邊角文字。老先生本是個作曲家，這個玩票的隨筆倒是寫了 30 年，一直寫到報紙停刊為止。能寫 30 年的專欄隨筆啊，這個題材庫我就很好奇，可是收入本書的百篇文章，既沒有時事風波，也沒有文壇緋事，內容自有潔淨處。文字有點像蔡瀾，過場很輕捷，對話短平快，一文論一事，或一物，或一景，文字入口很小，都是邊角餘事。收口也很小，不太有站在制高點上的道德宣教。一點點人工甜味的溫情，很淡，沒有濃到《讀者文摘》的那個濃度。注意力是個銳角。不過老先生好像活動半徑比蔡瀾小，更準確地說，是他的閱世心沒有蔡瀾活躍，他不太傾心於人世的交接和搓磨，他好像更喜歡內向滋養自己的生活。所以他與蔡瀾最大的落差在於：蔡寫得最好的是人事，老先生寫得最好的是物事。

這個老先生真是可愛啊，一個人，除了飛去東京排練和採買日常之外，就是蟄居在一個遠離日本母島的離島上，那個小島叫八丈島，是南伊豆群島中最南端的一個。書裡有這個小房子的空中俯瞰照，一個小小的、半月形的、有很多玻璃的房子，看著這麼通透的格局，就覺得陽光一定會很奢侈，身上馬上就覺得暖暖軟軟的，老先生既不訂報紙，也不看電視。他生活的調味品是：秋天來的時候，層林盡染，遠眺落日，有砂質的紅，滿園盛開的扶桑，漸次凋落，沒關係啊，辛苦栽下的費菜馬上就可以吃啦！防坡林日見枯澀，被風吹得貼緊地面的狗尾巴啊，也枯了，不過沒關係，咖啡豆還是有的嘛。春來的時候，可以潛水捉河豚，稻田香飄的夏天，屋後有飛舞的遊螢，狗尾巴草又長高的時候，孩子也長高了，每天黃昏的時候，都可以在遊廊上看見他戴的小黃帽，放學回家。這就是他與蔡瀾的不同處，在那條叫做時光的大河裡，他沉在深處，輕觸日常生活的質感。

我覺得這就是日本文學的一個美學基點，即「物趣」，不是重在思辨的縱深，而是浮於物質生活的血肉豐實，我看日本人的書，看來看去就是看他們用什麼餐具配四時風物，怎樣依序更衣等等。一看到端肅的行文我就發昏，一看到「送紫姬的是一件紅梅色浮織紋樣的上衣，送花散里的是海景紋樣的淡寶藍外衣，送明石姬的是梅花折枝服」這樣的段落，我就去意徘徊，兩眼放光。我得說，我對歐洲文學的興趣在它的血肉，對日本的，在皮毛。

老先生的立足點盡在物，都是瑣細之物，比如一支筆，老先生是作曲家啊，寫一部歌劇要畫十幾萬個點線嘛，老先生就說了，用日本筆啊，是不行的，因為日本筆的筆頭軟，是專為象形文字的軟筆畫設計的；用派克嘛，也不行，雖然筆頭堅實，彈力可靠，可是一點溫情都沒有嘛，下筆的音符都沒有表情，非要不軟不硬的筆才好嘛。不過，老先生話鋒一轉，想想古時，那時的作曲家，只能一邊削鵝毛筆，一邊奮筆疾書，為了防止墨水外溢，還得不停地撒沙子，你現在知道，為什麼韓

德爾（Handel）和舒伯特（Schubert）都盲了吧？我能在光線充沛的斗室裡，享受純淨的創作欲，還不用削軟羽、添燈油、撒沙子，我是多麼幸福啊！都是非常微觀的「微物」之事，但是人家就有這個耐心去體會，這個耐心又是被緩滯的生活流慢慢衝擊出來的，這是一個會用整晚時間去陪孩子捉螢火蟲，兩天幫狐狸寵物洗一次澡，為了喝上手磨咖啡，吃上辣味正宗的花椒，不惜去花幾年時間種一棵樹的人。悟得生活之趣不在物質的經營而在清減，不在時間的儉省而在浪費的人，才能明白。無聊和「物趣」之間，全看你怎麼經營。

老先生不是個文化本位者：日本人在 1970 年代不會用新式的西式馬桶，有一次老先生去和「高尚紳士」們打高爾夫，然後發現球場的廁所裡、馬桶圈上全是高爾夫鞋鞋底的釘洞，老先生立刻憤憤了：「高爾夫起碼是知道怎樣上廁所的紳士才打的！我再也不要和這些穿釘鞋蹲在坐墊上拉屎的人打球了，搞這麼多洞洞出來，自己方便了，把別人的嫩屁股不是都戳爛了嗎？」我且看且發笑，全書中充斥著這類自得與歡娛，非常孩子氣，非常小題大做，什麼破事嘛，無趣和「物趣」之間，全看你怎麼經營。但是正是這類羅列的細節，被明亮的心境照亮後，發著光，溫暖和調味了我們的日常生活。

他好像是那種很懂得怎麼最高效能地把生活的舒適度調節到位的人，看他的一日菜單就知道了——「中國茶、日本黃蘿蔔、烤鰻魚、泰國米飯、西式煎蛋」，不會去恪守一個什麼秩序或理念，把自己喜歡的東西任意組合，才不參照什麼成形的生活理念，他的快樂得自於最樸素的肉體感覺，和原欲的滿足。在文化上非常自足的一個人，本性簡單，就忠於自己的清淺，這樣很好。有一個故事很好玩，很能高效能傳輸出老先生和一般日本人的落差：一個名演員為他的演出成功獻花，結果這個花嘛，因為老先生大大咧咧地接花手勢被打落了一枝，一般人就此就完事了吧，那個女人卻特地又在事後補送了一次。她覺得一枝落地，即為不完美，即為不尊重形式，即為不敬。老先生可好，為她的恪於完美所感，乾脆叫了一架直升機，在她家上空盤旋數周後，空中撒花還禮！笑得我前俯後仰的，什麼是對處處恭謹以至於虛偽的禮節的最好回答，莫過於這種戲劇性極強、頗有五代名士風的撒野之舉了。

村上春樹的大象與風

小張要我寫下村上春樹，說：「你知道啦，就是談一下日本人際中常見的，人與人的關係⋯⋯反正你知道啦！」——其實我根本不很知道，掛電話以後，我就在努力揣摩她的意旨。

我想不通她為什麼選村上呢，不要說谷崎和川端康成，就是渡邊淳一都比他更日本。村上春樹說起來算是個很西化的日本小說家，他最喜歡費茲傑羅，收集了幾千張爵士唱片，開過酒吧，還翻譯過保羅·奧斯特（Paul Auster），並且有好幾年都是寓居在美國，村上要是知道我準備闡述他的日本氣質，肯定要氣瘋了。

那種和式愛情的氣息，日本氣質⋯⋯說好聽點叫距離，說難聽點叫疏離。我也不知道該怎麼形容那種東西，上次李博士從日本回來，大家一起喝咖啡，博士說：「日本人際很清淡，就是每個人都不會給別人添麻煩。在地鐵上，人和人之間都不會對視的。因為平時太壓抑了，所以一旦爆發就很變態和血腥。」我問他有沒有隨身帶全家福照片，他說太太不給外人看，我說你太太是日本人吧，他很吃驚，說你怎麼知道，我說很明顯嘛。

日本人一向是表情節制，用詞客套，唯恐和別人建立很重的關係。注意力節省下來的後果是，對季節天候，還有細節，都非常敏感。你看他們的小說，裡面常常有非常漂亮的、散文化的段落，而且都不是對人，而是對物、對景。我想到一個詞，可以形容日本人的愛情或人際方式，就是「淡愛」。

但是我總覺得，雖然也是淡的，可是村上小說裡的和式氣息，和渡邊淳一、吉本芭娜娜、川上弘美，都不太一樣。

我在想，在日本的村上，卻和中國的「80 後」頗有些相通處——他是獨生子，在那個年代的日本，這是很少見的。小時候他總是因此而自卑，覺得自己是殘缺的，找不到歸屬。他筆下的人物也多背景稀薄，關係網稀疏，無父無母，無兄弟姐妹，家境尚可，和現實沒有慘烈的摩擦和衝突，性格有點接近時下的宅男宅女。獨住一間宿舍，以最小密度的家具和最大密度的書刊為伴，起床，散步，在陽光充足的露臺上吸菸，看書，聽唱片，用咖啡機做杯熱咖啡，中飯吃澆了番茄醬的義大利麵，養一隻寵物貓。唯一的朋友，也是情侶、伴侶、性夥伴。村上筆下最甜美的愛情，大概就是自傳體的〈起司蛋糕形的我的貧窮〉。「我」和老婆窮得只能租兩條鐵路夾住的一個三角地帶，平日喧鬧不堪，鐵路工人罷工的時候，我們就抱著貓咪在鐵軌上晒太陽，那是我們最幸福的時候……向陽的村上作品裡，我最喜歡這個。

家裡又被老公弄亂了，我只找到一本盜版老村上，還是賴明珠版的。讀了一半之後，發現村上最喜歡的意象，是風。《聽風的歌》裡，好友老鼠是寫小說的，他說他去過一個古墓，耳邊是掠過樹林的大大的風聲，把一切都包裹起來，蟬啊，蜘蛛啊，青蛙啊，「我就是想寫小說，寫那個把一切都包裹起來流向太空的風聲。」

半夜，窗外有隱隱的車聲，我在想是不是那天 T 和我說的飆車。突然我思路一轉，想起來，村上在《聽風的歌》之後幾十年，真的寫了一篇關於風的小說，就是我最喜歡的、還專門做了筆記的〈日日移動的腎形石〉，裡面有一個叫貴理惠的女人，這個女人自我黏稠，從不捨得把自己放入日常生活的深處，她愛一個叫淳平的男人，然後她更需要一個精

神上的龐大活動空間。她帶著空白、沒有未來的無為性，無意而來，降落到他的生活中，她的身分是空白的，社會座標是空白的，歷史是空白的，他不知道她的住處、職業、去向，只知道做愛時冰涼的肌膚觸感、耳語時的呵氣溫暖、對話時的機靈跳脫、可以在一個人面前完全打開自己的快感……當然，最後這個女人還是失蹤了，她要奔赴她的事業，就是在高處，兩幢高樓間，搭上鋼絲，解開安全纜，這個世界，「只剩下我和風」。淳平再也打不通她的電話了。

每當我被孩子和家務碾壓得要崩潰，我就會看看窗外，做五分鐘失蹤的貴理惠，想像自己是在一條鋼絲上走，閉著眼睛，御風而行。然後睜開眼睛，該幹麼幹麼。

讓我特別難忘的還有〈象的消失〉，這隻象，我一直把牠看成村上春樹的圖騰，大概村上骨子裡就想做那麼一隻大大的、孤行的，又很任性的動物，有自成一體的思想和價值觀，追求靈魂的獨立和自由，哪天對籠子和柵欄感覺不爽了，就招呼也不打地失蹤了。

倒數三個，我依舊捨不得把你刪掉

「人的一生中，有意義的女人，不可能超過三個。」兒時，爸爸這樣對淳平說。這句讖語，限制了淳平半生的擇偶觀，每每在可能性即將盛放的瞬間，他開始在心中倒數，唯恐浪擲了那個限額。三個，不可能比三個更多，好像宿命的陰影一樣，使用完了就沒有了，所以一定要儉省再儉省。高中時暗戀的女生是一個，大概是躊躇過度，從無形愛慕落實到有形行動的時間太長，以至於被最好的朋友搶了先。之後的兩個名額，至今還沒有用出去，好像撞球手對著最後的兩個球猶豫不休一樣。所以，他愛女人的缺口甚於愛完美，因為那個缺口，就是他將來離開的契機，有退路的愛情方讓他有安全感。

直到遇見貴理惠，這剩下的最後兩個名額還捂在手裡呢，給，或不給呢？心裡又涼又熱，忽夏忽冬，有些東西，因為消耗才有其價值吧。呵呵，這是我自己的想法，比如車票，比如午飯，比如處女，比如單身身分。可惜貴理惠這個女人的自我狀態很黏稠，從不捨得把自己深入日常生活的深處，她當然愛他，然後她更需要一個很大的自我活動空間。她連給他不安全感的機會都沒提供，她帶著空白，沒有未來的無為性，無意而來，降落到他的生活中，她的身分是空白的，社會座標是空白的，歷史是空白的，他不知道她的住處，職業，去向，只知道做愛時冰涼的肌膚觸感，耳語時的呵氣溫暖，對話時的機靈跳脫，你可以在一個人面前，完全打開自己的快感。只記得這些。

我愛這個小說，八成是因為愛這個女人，這是因為我也是個頑強的個人主義者吧。在人群裡浸淫稍久就焦躁不安，飢渴難耐，只想快點潛回自己的深海裡去。這個世界真是叵測，每個人接近了看都是千瘡百孔，說些甜兮兮的假話互相敷衍吧，這種對稱性偽善，或者可以暫且充抵「人與人之間的善意」。偶爾為之也罷了，天天如此假溫情，真令人力竭。

所以，《綠毛水怪》裡的妖妖，一定得逃回深海做水怪；所以，電影《碧海藍天》（*The Big Blue*）裡的男人，也只能在陰冷的海水裡，繼續辜負岸上那個女人，「你一定要潛入海底，那裡的海水不再是藍色，天空在那裡只成為回憶，你就躺在寂靜裡，待在那裡，決心為她們而死。只有那樣她們才會出現。」美人魚不過是個藉口吧，只有結實封閉的孤獨，才能真正地滋養一個人的性靈，而所有的性靈都很自私，因為自為。

所以，《英倫情人》（*The English Patient*）從不離身的，不是那個女人，而是希羅多德（Herodotus）的歷史書，書裡有古老流域的名字，沙洲和綠地的名字，他草草畫下的地圖，隨手寫下的筆記，比如「在一半的時間裡，我不能沒有你，在另外一半的時間裡，我又覺得無所謂，這不在於我愛你多少，而是看我能忍受多少」，她總要他說話，她需要語言來打撈，讓她靠岸，他則厭棄語言，我想他厭棄一切被占有的途徑，這個男人，他在遇見這個像小獅子一樣長著濃密的金色毛髮，轟隆隆開進他的生活裡的女人之前，他全部的生活流域，就是這本考古書，以及它暗喻的歷史的厚重，在想像力裡開啟的遠古時空，他一度把它送給她，我一直記得他鄭重而躊躇的眼神，還有她接過書時，眼睛裡的發光的歡喜，一點點跳躍的小光斑。

而貴理惠呢？她的愛情是風，「當你站在高處，你和世界之間，只有風，風以它柔軟的意志貼向你，你的腦海一片空白，毫無恐怖，風理解我的存在，同時我理解風，這真是美好的瞬間。」分開很久以後——其實也不是分開，只是一個再也打不通的死寂號碼而已了，淳平才知道，她的職業——其實也不是職業了，只是她的生存目的，就是在高處，兩幢高樓間，搭上鋼絲，解開安全纜，孤身前行，這個世界，「只剩下我和風」。淳平握著手裡用不出去的第二個名額，他嫉妒風，嫉妒流雲，嫉妒在她耳邊飛過的大鳥。她的床上躺著她自己，她臥於她自己的歷史之中，這之間，連一把最薄的刀刃也插不進去，他嫉妒。

書名是《日日移動的腎形石》，這個故事是淳平正在寫的一部小說，一個外科女醫生挑選到一塊石頭，可是她發現這塊石頭天天都在以它自己的意志移動，她無論怎樣也丟不掉這塊石頭，她把它丟向海底，它還會自己跑回來，她開始廢寢忘食，衣衫不解地迷上這塊石頭。透過這塊有頑強意志的石頭，她開始意識到萬物皆有其意志——其實這是寫書的淳平，透過貴理惠的離去明白的事情。更重要的是，他決定慷慨地把第二個名額留給再也不出現的她，「數字不重要，倒數計時不重要，最重要的是，彼此瞬間全然擁有對方的感覺」。讖語被打破了，那塊腎形石，在某一天，也徹底地消失了。淳平的小說，和村上的小說，套用了同一個結尾，非常完美的腎型故事，具有器官的精緻圓熟外形。我將成為誰的倒數第二個、第三個（第一個當然要留給某人，或者第二個也有了），誰又將從此打破我的歷史和限數，這是這幾天一直在想的事情。

唯有死者永遠十七歲

《挪威的森林》，夜裡看完了。

「死並不是生的對立面，而是它的一部分。」直子是渡邊心裡對生命存疑的黑暗地帶，他愛直子，就像一個躲在衣櫥裡怕黑的小孩，緊緊抓住另外一個小孩的手；他也愛綠，那是這個小孩渴望陽光下的嬉鬧、玩耍和明亮的生機。

這可能是村上很打動我的東西，他自我，但這個自我是有缺口的，就好像黑咖啡總會配上熱牛奶。淳平總是想起貴理惠，渡邊固然一個人形單影隻，可是他也會一封又一封地寫信給直子，和綠躲在傘下熱吻，一邊看火災一邊唱歌，徹夜守護著失去爸爸的綠。再回頭看那個永澤，他的自我是非常緊實密閉的，永遠以自己的邏輯和程序向前推進。他有很多狐朋狗友，人際非常熱絡，可是他心裡，卻沒有像「渡邊—直子」，或是「渡邊—綠」這樣幾乎把對方視為生之支柱的重心轉移。所以他很堅強，他沒有死穴。

過去讀《挪威的森林》，沒有注意到這個結尾部分。這次看得幾乎要流淚，特別是玲子和渡邊做愛那段。最心愛的朋友死於盛年，「唯有死者永遠十七歲」。雖然渡邊天天打掃庭院，洗淨窗簾，養肥一隻貓，把自己體內的螺絲旋得緊緊的，用這些結實的生機之網，努力地想把日漸下沉的直子打撈上來，結果她仍然被死亡搶走了。

渡邊一天天地在海邊走，鬍子長了，衣服髒了，徹夜對著篝火發呆。他覺得不能原諒自己。直到玲子到來，他們用吉他彈唱，一整夜，替直子開了個告別會。之後他們做愛了，四次。

大象與風，最重、最黑的，直子負擔不起的青春惶恐、人際恐懼，走到盡處，就羽化成風了。渡邊當然得和玲子做愛，就像史特勞斯（Richard Georg Strauss）年輕時愛過一個有夫之婦，一個馬戲團演員，後來那女人隨團遠去，他也知道永遠不會再見到她了，他在她棄岸而去的湖堤邊，坐了一整夜，之後豁然開朗，積極地投入創作了。我真搞不懂為什麼很多人覺得性是髒東西，才不是，《挪威的森林》裡，每段性愛都非常乾淨，不管是手淫還是口交，這和一個人心裡的慾念有關。虛無的谷底之後，黎明前最黑暗的時分過去了，一個男人用自己的身體去愛女人，體溫相慰，這是一種積極的、溫暖的生之渴求。就像綠，大笑大唱，玩世不恭地笑面人生，因為之前，她用自己的手，送走了爺爺、奶奶、爸爸、媽媽。在臨危搶救中度過了青春期的綠，早已經徹底厭棄了在醫院來蘇水那種死亡的氣味。

所以很怪，在常態下最髒的東西：三角戀愛、性、死亡，在這本書裡，卻是最乾淨的，令人起敬和落淚的地帶。

村上在書的結尾，最後一句話是「獻給我死去的幾個朋友，還有活著的幾個朋友」。這是他可愛的地方，向死而生，這個重心還是在「生」。

對生命的形而上反芻，村上這個思維的縱深度，和西方作家不能比，但是卻比一般日本作家那些清淺的作品，要深刻些。我知道朋友是想要我寫他的日本氣息，但是我清理完自己的閱讀經驗，得出的結論仍然是他很西化。

我愛廚房

吉本芭娜娜的《廚房》開篇就寫道：「這個世界上，我最喜歡的地方，就是廚房了。不論在什麼地方，做什麼事，只要那裡有可以做出食物的廚房，我就不會覺得那個地方令人無法忍受。當然，那個廚房裡最好有我用慣的廚具，幾條乾淨的抹布和發亮的白瓷磚。就算天地間只剩下我一個人，只要有廚房與我為伴，我的心就可以得到平靜。」

我有很多女性朋友，性格比較宅，她們喜歡在業餘時間窩在家裡，把房間整理得美美的，平日在微博和網站上都會關注一些美食帳號，訂閱一些教習烹飪的電子刊物，按照那些烘焙方子和私家小廚祕典做出美味可口的菜餚，擺在精心挑揀來的食具裡，營造出美好家居的質感。參觀她們的廚房是很有趣的事，除了常見的電鍋、微波爐之外，還有玲瓏可愛的小家電：煮蛋器、咖啡壺、小烤箱、三明治機，打開小櫥櫃，裡面收著各類香料和調味品。我有個朋友的家，活脫脫就是《瑞麗家居》的日式簡約風格，幫時尚類雜誌採訪過幾次，去她家做客，確實感覺細節相當到位，配咖啡的是淡奶而不是奶精，吃的是黑糖而非白糖。

有一個網友，是媒體工作者兼專欄作家，平時工作時間也非常自由，她是個可愛的小胖妞，精神氣十足，她最大的愛好就是做飯，這個首先是得自家傳，她父母都是此中高手。她一家家地逛淘寶店，精心比較各類食材，連出差都是得閒就逛當地的菜市場。有時編輯們開選題會就直接到她家飯桌邊，一邊吃私家菜一邊探討。在寫作這種清冷孤絕的工種裡，因著吃喝而有了體溫和煙火氣，包括她的文字亦如此，非常溫暖，夯實，活色生香，生機勃勃，就像一個吃飽了飯的人一樣有力氣。

又有一個朋友，是因為出國，離家萬里，一直讀書讀到博士都是吃大食堂的她，開始學做飯。一切的精神維度都虛化以後，飯菜變成了最真實的故土。週末她去教堂，因結束後可以吃到教會發的中國菜，交友聚會，大家交際的方式就是各自拿出拿手菜，廚房裡剁雞的砰砰聲，拍薑的啪啪聲，菜的魂魄在熱油刺啦聲中被啟用，人也是。這荒寒陌生、滿耳外文的異鄉，一口熱呼呼、滋味熟稔的家鄉菜吞下去，舌頭即刻踏上漫漫回鄉路。就像《感官回憶錄》（*Afrodita*）裡的阿言德（Isabel Allende）說的，「一切記憶都可以循著官能的路徑回返」。海外學子鑽研廚藝的熱情不下於求學，曾經見到一位高手，學生物學的，在啥原材料都難買到的異鄉，拿出專業知識加上實踐精神，居然用乾香菇自製了濃湯寶！

當然，也有很多的廚藝愛好者是後天造就的，婚姻和孩子改造了他們。我很多女性朋友都是婚前婚後判若兩人，從「十指不沾陽春水」到「洗手做羹湯」 —— 愛一個人，遷就他的口味，體貼他的飲食習慣，了解他的體質，想著法子變換花樣，讓他吃得舒服暖心，這裡的下廚更是一種纏綿而貼體的愛意。我看某主婦作家寫的種菜烹飪文，從早晨變化品種的自製果醬，到晚間日日不同的綠蔬，一份蘿蔔乾都要製作好幾種口味的，以滿足她那個愛好美食的老公之口味，我覺得這簡直是最溫柔的馴夫術，這口味被伺候得這麼求精，換了老婆可怎麼適應？除了男女之愛，更有母愛，有朋友為了替兒子做飯，天天堅持天明即起，變換花色，那個配菜圖貼出來，把我們都嚇住了。

不管在小說還是日常生活中，愛做飯的人通常都很有生命熱度。《挪威的森林》裡，和冷感精神化的直子成對位關係的綠，就是愛做料理，為了攢錢買個新鍋，可以三個月穿一件文胸的活潑少女；而《蝸牛食堂》的作者則借女孩倫子之口道出：「我和這間蝸牛食堂，是一心同體。一旦進入這個殼中，對我來說，這裡就是安居之地。」耐心傾聽食客的過往，為他人炮製出一款款療傷料理。食堂原本是用來獨自隱遁的，卻成為受傷者的桃源。

愛做飯的人，往往也擅長營造生活情趣，利用手邊食材，做點清供或是小擺設，在汪曾祺和蔡珠兒的寫食書裡，我都見過這類低成本製作的低碳小喜悅。比如汪筆下的「蘿蔔蒜」：「用大蘿蔔一個，削尾去頭，中心挖空，在裡面埋上蒜，蒜葉碧綠，蘿蔔纓泛紅，冬日裡看著賞心悅目，生機勃勃。」還有蔡珠兒的「丁香橙」——把一個橙子密密麻麻刺入丁香，風乾後吊掛在衣櫥或紗帳裡，薰香兼驅蟲。

寫到這裡，要說說我自己了，雖然深諳「抓住男人的胃，就是抓住男人的心」之理，但是我並不下廚，因為我嫁了一個熱衷廚藝的男人。男性的廚房觀是怎樣的呢？我去問了老王同志，他說他最幸福的時刻，就是在廚房做飯煲湯，然後有我在他身邊一邊看書一邊和他拉呱。他覺得做飯很有趣，比如不斷嘗試新鮮的配方、比例，改良成品，餵飽自己喜歡的人，是件很快樂的事。男性做飯是粗線條的，老王同志燒雞都是大斬八塊，從不細切，戀愛時有次正逢情人節，他燉了鍋雞湯給我喝，是用青蘿蔔也就是俗稱的水果蘿蔔做配料，燉出一鍋色澤曖昧的湯。吃雞時他一定等我吃完大腿和雞翅，才把餘下的骨架啃掉，比起很多女孩子收到的衣服和化妝品，那些穿腸而過的好吃好喝，是我對他的溫暖記憶。

水之書

中午一個人吃飯，炒個空心菜、燉個魚湯就好了。省下的時間正好用來看書。樓下的鋤草機轟轟開了一個上午。空氣裡都是草汁的苦味。我在非常草本和飽和的幸福感裡，讀一本溼冷的苦書——安妮·普露（Edna Annie Proulx）的《船訊》（*The Shipping News*）。書首介紹她是《斷背山》（*Close Range: Wyoming Stories*）的原著作者，當時我心裡就想「壞了」，一個作家是很難改變她的抒情套路的，而你又能對一本溫情小說冀望什麼呢？這部小說，雖然人物容積很大，情節密度均勻，轉場清晰，資訊交代的方式讓人讀得很舒服，但仍然沒有突破溫情小說的局限：還鄉和療傷的主題（《斷背山》也是）。奎爾的妻子佩塔爾，背夫出軌時出了車禍，又逢父母雙雙自殺，身心俱疲的奎爾，決定返回他素未謀面的故鄉紐芬蘭，重振生活的羽翼。

然而我還是堅持把它看完了，因為這是一部水邊的小說，我想我怎麼都能原諒一本和水有關的書的，就像麥卡勒斯筆下的少女都有渴雪症一樣，她們在熱焰逼人的綠色夏天四處遊走，只是為了埋首於圖書館裡，那些寓意遠方的清涼詞彙「莫斯科」、「暴風雪」，讓自己生活在臆想的異域裡，出於同樣動機，我成了渴水症患者，我堅持看完莒哈絲的大多數小說，忍受她的神神道道，也是因為那些故事的不遠處，都會有大海在呼吸，她是個親水的作家。

而《船訊》裡的一切呢，都和水域有關。溫情小說之常用套路：塗

抹情調，使背景豐腴美味，人物在甜滋滋的糖水裡泡著，轉移讀者對情節的注意力，但是這仍然不失為一部血肉厚實的溫情小說，我想作者一定花了很大的精力去收集相關的寒帶生活資料。讀這本書，可以知道水手結的 N 種打法、寓意、用途，還有紐芬蘭從秋至夏的風物氣候，人們的飲食習慣等等。

這是一部水之書，一切都以水代言。奎爾的失敗是水 —— 他是個紐芬蘭移民的次子。爸爸 15 歲那年離開家鄉，逃離海潮的鹹味，岸邊腐魚的臭氣，吃不飽的肚皮，大海催眠般的翻滾，暴風雪封門小半年的肆虐，粗皮褲子的補丁，長年不洗澡的惡臭體味，逃離絕望與崩潰。可是爸爸骨血裡仍然是個漁民，他一次又一次地，把奎爾扔進滿是水草的鹹腥水裡，結果他的兒子連狗爬式都學不會，還得了懼水症。他不只是失敗的兒子，還是失敗的弟弟、失敗的學生、失敗的職員、失敗的丈夫。爸爸厭棄他，哥哥欺侮他，老師冷落他，老闆開除他，妻子背叛他。少時懼水的失敗，像癌細胞一樣在他體內擴散開。

他的重振亦是水，他回到故鄉紐芬蘭，修建好懸崖上的老房子，為自己買了一艘小破船，在冰藍色的海水上渡海去工作；他的生存是水，他在一家報社裡當新聞記者，負責報導船隻進出港的船訊；他的死亡是水，50 塊錢買來的小破船被惡浪擊沉，差點喪命；他的愛情是水，他把薇薇壓倒在岸邊的水藻上；他的友情是水，傑克奮力將他從水中救出，艾爾文在晨霧初散的樹林裡，找到一棵曲線窈窕的小樹，興致勃勃地替他做一艘永不覆沒的新船；他的情敵是水，薇薇一看見大片的水域，都會想到她遇海難而亡的前夫，這種悲傷的疫苗注入她的體內，將她與新鮮的戀情隔絕。

也不僅是他，這書裡的每個人都是水的形象代言人。我沒有見過北方的大海，但是我想北方的水應該滋養出這樣的人物像來才對。姑母是含鹼的硬水，小時候被哥哥強暴，長大後又失去了自己的同性戀人，但仍然孜孜地趨光而活，把每一絲角落裡的甜味都用力地吮出來；傑克是夏日的風浪，看起來怒濤震天，其實卻是滿腹俠骨柔腸，他的家族是漁民世家，從來沒有一個能以完屍死在岸上的人。他懼水，又渴水，在水裡他失去了最心愛的孩子，又是在水裡他救起了奎爾，他天天詛咒水，可是一天也離不開水。

試圖離開水域的，比如納特比姆，他厭棄了喜怒無常的暴風雪，他平生的最大目的就是擁有自己的小船，好在平靜的水域裡優遊餘生。他的目的地，是暖流環抱的佛羅里達和墨西哥，他是渦流之水。他離開水，卻仍然透過水，再奔向水，以水去止住對水的渴。還有一個我不能忘記的老人，他熱愛船，結果把自己的棺材都做成了船形，有艄板、船骨、艉座，他做完以後，在船形棺材邊安靜地躺下候死。像出海口的水，靜靜地等待最終的回歸大洋。

這部小說的真正主角是水，人們枯窘，離去，是因為水：除了漁業無以為生，人們回歸，可是離心，也是因為水，石油開採帶來經濟效益的同時，汙染了魚類賴以生存的水面和古老拙樸的人際關係。當所有的人事，大人物，小人物，都隨著流年水痕，被淡淡地沖刷而去時，剩下的，只有一個湮遠的大背景，那是無邊之水。在時間無涯的荒野裡，靜靜起落的水。

再反彈兩下琵琶。因為溫情小說的謀利面通常是讀者的同情心，為了最大效率、最低成本地啟動同情心，它們一般都得用卡通化的筆法、大力調味的手勢，在一個人物身上加糖，而在另外一個人物身上加鹽，

讓人物的善惡呈一邊倒的對峙之勢。比如男主角奎爾，就是一個受害的小白兔，被粉飾得乾淨無瑕，他忠貞、善意，對惡俗妻子有不渝的愛（除了受虐癖以外無法解釋），他的妻子佩塔爾，為了配合顯示奎爾的善，只能扮演一回大灰狼，被作者犧牲了，荼毒得一點光明面都沒有，她自私變態，下流淫蕩，背叛丈夫，倒賣孩子 —— 這兩個人物壞就壞在沒有日常質地。

所以到最後，作者已經收不了場了，奎爾這個人物很好玩，出場的時候被描寫得像一腦子爛麵糊，思路混沌，任人宰殺，然後在情節發展途中，智力迅速發育到位了，變得絲絲不亂，理性清明，完全具有自救力，這鍋麵糊被煮成了韌性十足的牛肉拉麵，這個倒置的烹飪過程，無法讓人信任。但是作者如果不這樣寫，情節就沒有推動力，我想這就是溫情小說的弊病所在，是它無法勝出 19 世紀寫實小說的地方，因為它不誠實，誠實不是品質，它是一種高度忠實於現實的能力。在托爾斯泰筆下，不可能看到一個純粹的、沒有斑駁雜質的人物。這篇小說，不是壞在它溫情，而是壞在它立意溫情。

清如水，明如鏡，淡如菊

一直很迷戀師生戀這種模式，也許和我對男人的口味有關，喜歡的男性是這樣的配置：年長，經驗豐厚，可以滋養我、涵蓋我；知性或理性的高度，可以供我仰視；人淡一點，活動力弱一點、鈍一點，這樣可以激發我的行動力，點燃我的熱情。所以《老師的提包》這種書，一定會對我的胃口，這是情理之中的事。又是一本隨筆風格的小說，私下一直認為，這是日式小說中的精髓所在：不在情節，而全以文字的質感和細節承重。川上弘美的文字，如清泉細語，又如耳語呢喃，低柔、纖細、絲絲入扣，有細棉布的質地。

情節真是淡，淡如春雪，恬淡的氣味，清白的氣息，恍兮惚兮，只剩下樹影掩映中的幾絲雪跡。看了一遍，又復讀，還是模糊於它的情節。說不清，道不明。就是一個叫月子的女人，邂逅了她的昔日老師，兩個人好像也沒什麼激情、暴漲的情慾，就是遇見了，喝兩杯淡酒，淡話幾句家常，然後，各自斟酒，各自低酌，各自付帳，各自回家，各自睡覺。一個不停地「老師……」「老師……」「老師……」，一個不停地「哎」「哎」「啊」「啊」。有時間就約了去趕集，賞花，採蘑菇。全書 242 頁，蓄勢蓄到了 240 頁才發展為床事，真是一本有耐心的書。

然而又覺得再應該沒有，甚至連這個敘事速度，也覺出了它的理直氣壯，根本這就是日常生活的流速。四季流轉，日兮月兮，愛意漸生，愛意漸漲，愛意拍岸。好像一棵春來的樹，綠意是一點點在枝節中長出

來的。秋寒四起的時候，隨老師去採蘑菇，秋林深處，層林盡染，高下遠近都是蟲鳴，觸鼻是菌類微溼的氣味，滿目蕭然的衰草，月子不禁反芻起平時不會去細嚼慢嚥的那個旮旯：「世間儘管萬物堆疊，與我相關的，也只有老師吧。」這句話，初讀時，只覺得淡而無痕的知己感，再咀嚼，竟是「唇齒相依」的驚心。

冬日的黃昏驟來如電，洶洶而至的虛妄感很快把人打溼，月子害怕冬天，害怕一個人的新年假期，讀書泡澡整日昏昏，踩著玻璃碎片了，竟也不覺得痛，只想「若老師在，肯定又說我不小心」。我曾經寫過，我讀托爾斯泰，像困難時期的孩子吃糖，月子對老師亦是，他是她心底的一塊糖，心境最苦的時候，拿出來舔一下，甜蜜一下，再收起來。潑墨如水的愛情看得太多，難得看到一個俯首吝惜如斯的，就覺得心疼。

春回的時候，愛意已經浮出水面了，對著老師新交的女伴，嫉妒的銳角刺出來，由愛故生貪，故生嗔，故生占有慾，天下同心，心同此理，這是愛的象徵。月子轉移嫉妒的方式是找另外一個男人小島，試圖平衡一下，仍然沒有面對面的計較。只是不軟不硬的距離感，她和老師真是同類項合併。夏天的雷鳴驚心，再掩飾又有什麼意思呢，還是大方地伏在老師的膝頭說「我喜歡你」吧。流雲穿過了暴怒的雨層，天地驟亮。秋寒又來，老師的反射弧也真是夠長，他的身體攜帶他的氣味，慢慢輻射過來。月子與他不過是咫尺，心和心，卻走不到心裡面，一邊想呵手試暖，一邊對自己的心發出警示音——「切勿冀望，切勿冀望」。因先前累計的重重暗影，最後的那個冬天，真是童話般的結尾，那麼奢侈的明亮，雖然突兀極了，老師的鈍然，他用俳句啊，師尊啊，大男子主義啊，堆砌而成的距離感，全都被化解了。他突然大幅地回應了月子的愛，大方極了，連本帶息的。小氣人的大方，有時真是讓人落淚的。

師生戀的質地，好像也只能這樣，師生的關係，不全然是長幼落差，還多一層倫理的厚度，老師這樣的男人，也是我喜好的那種吧——孤獨體質，必須在某一個獨處半徑內才會有安全感的人。他收集了好多舊電池、舊陶杯，夜深的時候一個個摸出來把玩，也是把玩自己的孤獨，孤獨在陶杯裡發出響聲，在電池裡微弱的呼吸。而月子呢，一個人削著蘋果都會哭起來，因為想起不願意為舊日的男友做家務，唯恐變成某種確定的關係，會向對方施壓。孤獨的人思路也是重疊的吧，就像老師，像師長一樣禮遇月子，好比一個柔軟的空氣牆，使人總隔著淡淡的距離感，好像是跳某種宮廷舞一樣，你進我退，極之優雅的周旋，總有一臂距離之隔。也就是這個吧，把戀愛的流程拉慢了，時間被拉成一張滿弓，使得最後一頁徐徐而來的愛的肯定，那樣勢不可擋。

熱衷草木的作家

話說中國向來有歸隱田園、寄情草木的傳統，以此作為修練心靈的方式。古人與我們已是煙塵久遠，就說說近代的吧。周瘦鵑，寫《秋海棠》的鴛鴦蝴蝶派作家，其實也精於花草種植。他用稿費積蓄買了一個園子——紫羅蘭庵，栽有奇花異樹，素心蠟梅、天竹、白丁香、垂絲海棠、玉桂樹等。用他自己的話說是，「我性愛花木，終年為花木顛倒，為花木服務;服務之暇，還要向故紙堆中找尋有關花木的文獻，偶有所得，便晨抄暝寫。」我曾經買過一本他寫的《花語》，文人的筆法工雅加怡情養性，實乃中國園藝文學之發端。

不只中國，國外的作家也有回歸田園之心。比如契訶夫：和貴族出身、生來擁有土地的貴族托爾斯泰不同，契訶夫是贖身農奴的後代，一直到父輩才被贖成自由身。他自幼家貧，父親破產後為躲債逃亡莫斯科，他留在家中，變賣家產寄往父親處，17 歲就開始寫稿養活自己及家人。他生計負擔重，很早就罹患肺病，他因為家貧四處搬家，一直沒有固定住所，直到他貸款買下梅里霍沃莊園。契訶夫，這個農奴的後代，第一次擁有了自己的土地，他欣喜萬分地寫信給朋友，「每天都有意想不到的事情發生，一件比一件有意思。鳥兒飛來，積雪融化，草兒返青」，他每天五點起床，十點睡下，親自去整地耕種。他寫信告訴朋友買來各色種子，種下了蘋果樹、櫻桃樹、醋栗，還有他心愛的玫瑰花。很有趣的是，他種的無論什麼品種，開出的都是白玫瑰，別人說「那是因為你的心地純潔」。

再說個離我們近點的例子吧。臺灣女作家丘彥明，她原本是《聯合文學》的編輯，後來辭職去荷蘭學畫，繼而隱居田園，過起耕讀生涯。她的兩本書我都翻破了（當然也可能是因為裝訂問題，尤其是那本《荷蘭牧歌》）。她的草木文字好看，主要是因為：（一）她身處歐洲，筆下的很多花草香料都是我聞所未聞，非常好奇。（二）她不是買成品切花，而是自種的，從種子購置到萌芽開花，都描述得很細膩。（三）她受過美術訓練，能把整個過程付諸形色。（四）她的生活安然卻不空虛，是塵囂之後的隱退，並不是純主婦式的蒼白。那個閒適的「度」恰恰好。

丘彥明雅好園藝，她又定居在荷蘭，荷蘭人有自己動手修繕房屋和花園的習慣，家家屋前屋後都有園地。丘彥明喜歡美術，她的花圃也很講究配色，牡丹、芍藥、罌粟、荷花、薰衣草、鬱金香，此起彼伏，依次開謝。有次芍藥盛放，她拍照，畫畫，還未盡興，乾脆把花辦鋪滿各房間地面，鋪出一條花徑，到哪裡都能聞到花香。李歐梵讚美她是當代芸娘，她夫君唐效曾經為她用玻璃刀割破蓮子助其發芽，為她刻藏書章，真的有那種精神知己的味道。丘低調，說年輕人不要模仿他們這種小資生活，殊不知，對我們來說，太陽尚遠，但必須有太陽。美好意境對人是有精神營養的。

《少女布萊達靈修之旅》（*Brida*）裡寫道：「對於人生，有兩種不同的態度 —— 建造或耕耘。建造者實現目標可能要花費多年，但終有一天會完工。那時他們會發現自己被困在親手築成的圍牆裡。在收工的同時，生活也失去了意義。選擇耕耘者則要承受暴風雨的洗禮，應對季節的變換，幾乎從不歇息。然而，和建築不同，大地生息不止。它需要耕耘者的精心照料，也允許他們的人生充滿冒險。耕耘者能認出彼此，因為他們知道，每一株植物的生命歷程都包含著整個世界的成長。」丘彥

明種地，也是志不在收成，而是從花果菜蔬的生長中學到生命的功課。

據說周瘦鵑是個善於理財的人，而丘彥明也很有幸可以定居荷蘭，但不是每個作家都像他們這麼幸運能購置自己的園地，有些四處遊走、客居他鄉的作家，就只能用筆端記錄下路過眼見的花木了。比如汪曾祺，他少時生長在蘇北，後去雲南求學，再後來北上在平劇團工作。他寫過很多關於草木的文字。我很難寫他，一寫就得摘他的原文。他的文字看起來句句都是白話，口語化，但是神來之筆。美在意境、氣韻。他的文字說實也實，比如寫小時候和姐姐摘梅花，梅花枝多，好踏，要採旁枝逸出、花開一半的，這樣插瓶才有韻致，又開得久。這是很簡單的白描，但那個場景真美。還有寫木香，記得有兩排木香長在老家運河兩岸，搭枝成頭頂的花棚，再回去問，老家人都說沒有 —— 恍如夢境，簡直是桃花源嘛。

還有葉靈鳳，我很喜歡葉的草木文字，雖然很多人覺得他文字有點粗糙。有次我無意翻到一本舊書《拈花惹草》，書裡選得最多的就是汪曾祺和他。在汪曾祺那種寫意清麗，幾乎是「溫泉水滑洗凝脂」的文字映襯下，葉靈鳳確實是膚質糙了點。但他就像是毛姆說德萊頓「一條歡快的河流，流過村莊、城鎮、山林，帶著戶外空氣令人愉悅的氣味」，不失文義的活潑。他寫得多而廣，在上海時就寫江南植物，到香港就寫嶺南的。一路走來一路看，見識廣，文字直接，細微處也不乏幽情，我一直記得他寫小時候的寂寥，就是在一個夏日，看著一株鳥蘿爬藤。還有他寫木棉，「花開在樹上時花瓣向上，花托比花瓣重，因此從樹上落下，在空中保持原狀，六出的花瓣成了螺旋槳，一路旋轉掉下」 —— 樹下觀花落的那個人，必有顆閒寂的心。

還有周氏兄弟。在我的成長期，網路尚未興起，甚至連出版業都不太興盛，依稀記得，我能讀到中國的港臺文學，還有歐美文學，都是1990年代以後的事。我們那代人，以國民教育課本為主要讀物。大多數人的記憶裡，應該都滯留著這樣強制背誦的段落吧：「我家的後面有一個很大的園，相傳叫做百草園……不必說碧綠的菜畦，光滑的石井欄，高大的皂莢樹，紫紅的桑葚；也不必說鳴蟬在樹葉裡長吟，肥胖的黃蜂伏在菜花上，輕捷的叫天子忽然從草間直竄向雲霄裡去了……」話說有一年我去紹興，特別仔細地看了百草園舊址，那大樹倒是在的，依稀也能看到菜畦的痕跡。因為季節緣故還沒結出毛豆，而那棵「高大的皂莢樹」，經植物學家比對，確認其正身為無患子，也就是紹興人口中的「肥皂樹」。

周氏兄弟都愛植物，相比魯迅，我倒覺得周作人在《魯迅的故家》、《知堂回想錄》裡，寫到的草木文字更為樸實有味。再說周建人，他是家中最小的兒子，兩個哥哥都遠渡東洋求學，留下他侍奉老母。他不甘荒廢學業，想自學成才。魯迅認為其他專業都需要實驗器材，只有植物學，漫山遍野都是花草，硬體要求較低，於是寄了幾本參考書給他，他就自己背了標本箱，自行上山研究，居然還真成了生物學家。

鄧雲鄉也愛花，但他愛的花都比較家常。他的文章胖乎乎，但又不同於豐子愷的胖。豐子愷的文章是一個白胖婦人，一個意思可以兜兜轉轉走很遠；鄧雲鄉的實用資訊要密集很多，是個大骨架男人。他是紅學專家，在寫植物時也常常考據溯源。他和周瘦鵑不一樣，他的文字比較闊朗，沒有雅士之逸致，也不栽花種樹，筆下常見的不過是些平常的華北樹木，幼年山鄉裡的杏樹、衚衕裡的槐蔭，頂多看見小盆栽十分漂亮時會順手買兩盆，或是過年節插點梅枝之類。那代文人裡，老舍也愛植物，而且會養，這是我看汪曾祺提起的，說老舍的爸爸是花匠，他自幼

承襲父輩的愛好，很會侍弄菊花。新中國成立後老舍當了文聯主席，也會喊同事們去看。

再說說國外的作家吧。赫塞（Hermann Karl Hesse）有幾本很難忘的書，蕩漾其中的，是綠色的靜意。之前讀《堤契諾之歌》（*Tessin: Betrachtungen, Gedichte und Aquarelle des Autors*），對其中的景語頗難忘。詫異赫塞可以用那麼多的筆墨去描摹一朵雲的胖瘦變化，一棵樹的春萌秋凋。後來又讀《園圃之樂》（*Freude am Garten*），倒是讀出了綠色詩情之後的背景色，也就是疲勞感。德國發動的世界大戰，人文災難，還有赫塞的反戰立場，讓他失去了苦心經營的家園、農莊、國籍、親人、文學前途。他一個人蝸居在異鄉的陋室裡，漫漫冬夜，離群索居，備嘗人間冷暖。形單影隻，孤身坐在火爐邊，他用舊園裡帶出來的一把小刀削木頭，然後投進火爐，看著熾熱的紅火中，自我、雄心、昔日的榮華，一寸寸燒成灰。有一天，他丟了這把小刀，感慨紛紜之後，又自嘲道，「看來我的處世恬淡，還是根基膚淺啊」。帶著這個背景，看他的田園日記，才明瞭那種大難之後，對微物瑣屑的自珍。這就是光影效果，真正疲倦的人，才知道休憩的好。他們的愛向下扎根，歸隱田園，那裡沒有政治風雲，沒有人事對流，沒有難伺候的讀者，沒有挑剔的編輯，沒有浮誇勢利的官宦。

又如恰佩克（Karel Čapek）。他寫過一個很有名的園丁日記，說園丁可不是聞聞玫瑰的香味而已，他是要歷經四季的艱辛，從春天的積肥，收集尿肥、鳥糞、爛葉子、蟹殼、貝殼灰、死貓開始，到夏天不能出遊，守著植物澆水，一直到冬天，萬物凋零，園丁最大的享受就是在暖爐邊看植物商品目錄。他有一個園丁的靈魂，無論是在戲院喝下午茶，還是在牙科診所，都能嗅到同類氣味，找到同道中人。兩個衣冠楚楚的紳士，從今天天氣，慢慢聊到人工堆肥和害蟲。

英美有個文學流派叫自然文學，裡面的作家都是熱愛大自然的。比如梭羅（Henry David Thoreau），有次無意讀到他寫的《野果》（*Wild Fruits*），這本書讓我很吃驚，《湖濱散記》（*Walden*）裡那個大談人生哲理、不斷對現代工業社會及人際發出鄙夷之詞的梭羅杳無蹤影，取而代之的，是一個在帽子上安了儲物架、用一本琴譜收集標本、執一根手杖丈量土地、能夠辨識矮腳藍莓和黑莓、品出野蘋果和家蘋果酒、對植物的地理分布洞悉於心的田野觀察者。

又如惠特曼，他在戰爭中，因為長期勞累，於西元1873年得了半身不遂，終身未癒。這病中的20年，他一直與樹木、鳥兒及大自然為伴。如果說《草葉集》（*Leaves of Grass*）裡我們看到一個詩情四射的惠特曼，那麼在《典型的日子》（*Specimen Days*）裡，則是一個安靜與自然為伍，用紙頁滿載太陽光輝、鳥兒歡唱、青葉芬芳的惠特曼。有的篇章，就是寫一棵樹，比如〈一棵樹的功課〉、〈橡樹和我〉，還有的就是寫鳥。他的文章名字很有趣，有一篇叫〈鳥與鳥與鳥〉，另外一篇是〈毛蕊花和毛蕊花〉，就是白描動植物。〈鳥與鳥與鳥〉裡羅列了他目之所見的鳥的名單；〈一棵樹的功課〉裡，是列舉了樹的名目。他寫午夜12點鐘接到朋友的電話，告訴他將有遷徙的鳥群飛過，他推戶，開窗，在夜晚的香氣、陰翳和寂靜之中，辨析著各類鳥群的細微區別。巨翅揚起的沙沙聲、鳳頭麥雞的啼叫……雖然只是淡然白描，橫鋪景物，但是讀得靜氣頓生。

還有一些作家，其實是兼跨自然科學和文學兩個領域，比如農學家出身的潘富俊。我最早看的草木書就是他的《詩經植物圖鑑》，然後對這類文字入迷。潘是農藝學博士出身，有學術底子，又精研古典文學。他

用的是簡筆，勾勒出這類植物的形色特徵，結合文學作品做出點評。按他自己的說法就是，「文學和自然科學本是兩個不同的領域，但古人多識鳥獸草木之名，文學作品中也常借草木特性來譏諷時事或賦志抒情，所以兩個領域就有了交集，這也是作者以『植物觀點注解文學』的初衷」。潘字簡素但素淨有神。迥異於一般科普類的植物辭典。

另外還有一種對植物的熱愛，屬於「手邊的樂趣」。買過一本日本人林將之寫的《葉問》，是按照葉子的顏色、外形、大小來辨識樹木，文字清新有致，手繪插畫也很可愛。書的篇首就說，「若是知道身邊樹木的名字，散步或上下班會變得快樂無比」——我就是心儀這種「附近」的氣質，離日常生活不遠，出沒心靈閒地的閒趣，又沒有遠到隱居深山的絕塵。這類的作家，還有永井荷風，他的《晴日木屐》是我喜歡讀的，他也常常會寫到散步途中路遇的樹木和花草，他對細節的留心，使文字貼地親切，他能記住神田小川町馬路上穿過香菸店的大銀杏樹，也知道哪家有一棵椎樹，而且他不會替花木分等級。「市內散步，比起熱鬧的大街和景點，更喜歡日陰薄暗的小巷和閒地。閒地是雜草的花園：『蚊帳鉤草』的穗子如綢緞般細巧；『赤豆飯草』薄紅的花朵很溫暖；『車前草』的花瓣清爽蒼白；『繁縷』比沙子更細白。比起所見樹木，我對路過的閒地上所開草花，更加感到一種情味。」

女性天生親近草木，愛花的女作家可謂層出不窮。比如梅薩藤（May Sarton），在中青年熱情洋溢的情感生活之後，到了晚年，她獨居在海邊，遠離喧囂紛紜的人事和情事，將感情散布於山水花木。她愛花，種了很多花，她精心料理她的花圃，每天採摘一些鮮花插在屋子的角落裡。繡線菊、粉紅罌粟、日本蝴蝶花、牡丹、洋地黃，這些花草出沒在她的日記裡。她尤其喜愛藍色的花，在《海邊小屋》（*The House by the Sea*）中，她寫道：「為什麼偏偏是藍色？藍色的花兒，阿爾卑斯山下的龍膽花，夏季園圃裡的飛燕草、勿忘我、千日紅——似乎最為瑰麗。我也被藍眼睛吸引。還有天藍，安傑利科畫中美妙的淡藍，皚皚白雪反射的隱隱青藍及藍鳥。這些都是我開車穿過堤壩看見那隻藍鳥的羽毛想起的。經過陰霾的幾天，海水的藍讓我喜悅。」

在花木相伴之中，她寫了《海邊小屋》，這本書我讀了幾遍，梅薩藤吸引我的既不是思辨也不是寫景，而是這些按比例混合而成的一種生活方式。她寫的不僅是日子的素描，更是某種經驗的爬梳，從強烈的感情生活歸於清隱，愛意緩緩滴入花朵、園藝、動物……不管見識高低，一個人深度整理和收拾自己的內心，這事本身就很迷人。

又比如美國有個女作家叫西莉亞（Celia Thaxter），她是一個燈塔守望者的女兒，6 歲就登上離陸地 10 公里的孤島生活。那個島上沒有商店和樹林，只有灌木叢與野花。她住在一個石屋裡，然後開始種植自己的花園，在荒蠻的海島上，每株小草都非常珍貴。她曾經痴迷地趴在地上看著金盞花開，又用船引進花種，拿半個雞蛋殼培育花苗。她是個天生的園藝家，在她長 50 公尺、寬 15 公尺的花園裡，曾經有 150 多種花草。她的一生跌宕起伏，嫁了個有慢性病的丈夫，後來拒絕回海島，她就帶著智障兒子回島上生活了。每年夏天西莉亞會召開海島文化沙龍，把波士頓的文藝名人邀請到海島上來，客廳裡布滿她種的鮮花。天花板上懸空有個大海螺，裡面綻放著金蓮花和紫羅蘭。即使是在人跡罕至的孤絕之中，也能安居內心一隅，枯榮自守，正如植物。

萬物有靈且美

這次我要談「動物保護者」——這個話題的緣起，是因為最近在看一本書，朱天心的《獵人們》，寫的是朱氏一家人餵食及收養流浪貓的事。不是寵物貓狗，而是街貓。我模糊地回憶起，平時在社區路邊，也偶見流浪貓狗一閃竄過，當時也只是冷漠而去，留在心裡的時間，並沒有長過駐留在視網膜上的。然後我讀了這書，才突然感覺到，動物，原本就是和人族共享世界的，不能由人類占盡自然資源，而不為牠們留下空間。牠們並不只是生物鏈上處於下端的一種劣勢族群，牠們也是有痛感和生存權利的。

帶著好奇，我自己尋找，並請朋友介紹了幾位動物保護者。第一個是小王，她自己是做市場推介的，從小家裡長輩就飼養動物，她對我說這個很重要，因為老人老是傳達這類資訊給她，就是動物也會痛苦，她自幼就沒有像別的小孩那樣戲弄小動物，踩螞蟻，撕蟲子。小王說有善心的人也很多，一個朋友在路上撿了一隻流浪貓，去找水果店老闆買箱子裝，老闆立刻送了她一個，想要找私家車搭載小狗去醫院（因為狗渾身髒，一般計程車不肯載），立刻獲準。醫藥費太高，她在網路上求助，很多人捐款，還有人特地去她公司找她聊天，給她 2,000 元現鈔。最後小狗找到了主人，他們至今關係很好，會互相發照片聊天。

小朱是一個建築師，有天回家的路上，無意看見一隻小奶貓，一隻高跟鞋從那隻貓上方一掠而過，她想那牠不是遲早會被踩死？就是一個閃念，她開始了漫長的餵養流浪貓的歷程。她把養貓日記給我看，那些細節超乎了我整個缺乏飼養經驗的人的想像。她用鞋盒替貓做了窩，整夜開著燈幫牠取暖，拔了樓下的腳踏車氣門芯做奶嘴，手機定時，四個小時就起來餵食一次，耐心調奶溫，買不到貓奶粉就用嬰兒的，牌子換了好幾種。有一天太累了七個小時沒有餵奶，貓貓很衰弱，她用自己的肚皮幫牠取暖。

小邱則是一個媒體人，家裡收留了九隻流浪貓和一隻狗。我和她短短的交流中，她說沒有什麼特別有意思的事情。印象比較深的倒是，她一直在叮囑我，如果付諸筆墨的話，記得要提醒大家，不要過度接近貓狗，讓牠們對人類產生信任和依賴。免得被居心叵測的歹人利用，去投毒和誘捕。這個觀點是正確和充滿疼惜之心的，我覺得作為人類的一分子，簡直有點難堪。看過葉兆言的一篇小說，叫〈可憐的小貓〉，一群壞小孩戲弄一隻小貓，把牠扔進水裡，小貓就拚死往回游，一次次，又被重新扔回水裡，牠的肚子越脹越大，慢慢沉下去，很多年了，我不能忘記這個小說，不能忘記它的殘酷。所以小邱餵流浪貓，都不會去真正接近牠，而是沒有特定對象的，隨身帶一瓶貓糧，看見有飢餓的小貓，就遠遠地放下就走，怕建立感情。

我問了小王一個很低端的問題：「肯定會有很多人責問你們，現在很多困難地區人都吃不飽，你們還照管動物？」她說：「是的，這是我們通常會遇到的一個質問。」關於這個問題，明星公益愛好者孫儷說得好：「我愛動物，也幫助人，這不矛盾。」是的，在這個救助問題上，無須排序，每個人都只能救護自己手邊的弱勢族群，貓狗、老人、婦孺或失學兒童，這是一個對弱勢族群的態度問題，一個欺凌弱勢族群比如小動物的人，必定也會怠慢底層和老弱。有科學研究顯示，一個虐待動物成性

的人，進而也會虐人，因為他需要加倍快感的刺激。

在上海等地都有保護動物的義工團，大家目前在推廣的理念就是「以收養代替購買」，避免貓狗過度繁殖，在網路積極發布撿來的貓狗資訊，尋找合適的有愛心的領養者。簽訂收養協定，定期回訪。近年來在中國國內也開始有 TNR 的團體，即結紮完畢後把貓放養回原處，這樣單位面積裡，不至於數量過多，造成互相傾軋及傷害。這種方法貌似滅絕貓性，但是也是出於愛護的動機。動物保護者小杜說，在她的社區，母貓發情的叫聲讓居民生厭，為了自己耳目清靜，虐殺棒打無所不用其極。她們幫貓貓搭了窩，結果又被人惡意拆除，擋上防雨布，還有人往裡面扔石頭。

朱天心在書裡寫，她在希臘旅行時，島上的貓都是肆意地晒太陽，一點都不懼人（在村上春樹的希臘遊記裡亦有類似描述），歐洲的貓甚至會攤開肚皮讓你摸，這種信任和安全感，和國民普遍善待動物、愛惜生靈，是有關聯的。而在大陸和臺灣，流浪貓因為受過騷擾和傷害，一般都很警覺，戒備人類，神經質。西西的書裡則寫道，中國的動物園，根本不尊重動物，草食性動物和牠們的天敵做鄰居關在一起，都嚇得半死。一個國家的人是否愛護動物，也是民眾素養的表現。

後記：我還是愛你到老

有次，朋友提到了我和某某，我想了下說：「他是作家，我是文青。這是屬性的不同。」誠然，我出書，寫專欄，但我仍然認為自己是個文青。不僅如此，我的大多數朋友也是文青，他們甚至每日接觸文藝作品，但不是職業文人。在日常生活中，他們都從事著主流的工作：醫生、律師、金融從業人員等等。當他們漫步在大街上，淹沒在人群中，或是碌碌於公務時，馬上會融入周圍的環境。但是當他們獨處或偷閒，從隨身包裡掏出一本書來，或是在網路上寫段文藝的微博，或發張唯美的圖片時，你會立刻辨識出來，這是一個文青。那種氣味，不是什麼著裝風格，抽什麼菸，用什麼牌子的手機能定位的。那是一個有精神生活的人特有的體味。

有一段時間，我對自身讀書寫字的意義感產生了劇烈的懷疑和鬆動。我自認無法成為一個真正的作家。在我看來，作家，首先應該從事的是創作型文體，更有博大異己的情懷及虛構力，讀書筆記這種二手文體常常讓我覺得羞愧和自我質疑，無論你抱著多大的熱情和縝密的查證，都有可能會偏離書本和作者的原意。這種偏差對原材料的依賴，常常令人尷尬。

我眼中的作家，多是小說作者（或是詩人、散文家、雜文作者），好的小說家，確實是文學各個工種中，對結構、布局、表述，包括閱世和知識面要求最全面的，小說家往回寫評論、散文甚至科普小品，都屢見佳作，比如納博科夫和毛姆寫文學評論，吳爾芙寫散文，內米洛夫斯基寫傳記，契訶夫寫報告文學，都很出色。而評論家往前走寫小說，則難度較大。甚至像蘇珊．桑塔格（Susan Sontag）這樣很好的評論家寫小說都很平常。創作力不是靠勤奮和鑽研能得到的。

就算讀書筆記也會有愉悅的閱聽人者，那都已經有了唐諾這樣的書評作者以後，還要我這樣的人做什麼？再說出版業日益蕭條，連紙張生產都因此受累減產，在紙版書已經是夕陽產業的今日，出書有意義嗎？

上學時我是個成績很爛的學生，出校門之後從事的工作也很差，類似於打雜。記得很清楚，在我不算很長的打工生涯中，每天早晨我都起不來床，因為我要去被壓榨勞動力及時間：為省很少的錢，老闆會差遣你去郊區的大市場買辦公用品，耗掉一個上午；為了寄廣告信給客戶，再幫公司貼一個下午的地址。而當我精疲力竭地走在回家的路上，這種廉價的收割青春讓我痛苦及茫然，我知道，我錯失了一樣至為珍貴的東西：生命的意義感。

以上說的是「意義感的匱乏」，下面要說「得到」。

沒有貶低任何底層工作的意思，而我的同事，有一些也確實善於鑽營後來爬到高位。我只想說：每天都在盡興地漫翻詩書，在文章裡暢所欲言，寫了《私語書》、《一切因你而值得》的黎戈，和那個埋頭貼地址、被老闆當成雜務機器的小許，不是同一人。一個人，她的熱情和生命力有沒有被點燃、煥發、綻放，她能否和最愛的（人、工作、職業）生活在一起，她的人生是不一樣的。

《一切因你而值得》出版時，我是新人，書沒做好編輯就離職了，後期宣傳促銷完全沒有。這本書能賣空，靠的都是熱心網友們的口口相傳。書出來時是冬末春初，豬頭冒著雪，騎車去工人出版社買了 10 本書，替我捧場。這類溫暖在我的文青生涯裡，數不勝數，都是我不能忘記的。很多人提到「文青」，覺得這是個酸腐可笑的詞，而在我看來，他們是世界上最可愛的人。

這就是為什麼，儘管沒有什麼文字野心及事業感，我仍然在不捨晝夜地讀書，寫著談不上多大價值的文章，並且將繼續做一個文青熱愛文學到老。這年頭發表和出書都不是什麼難事，但是在這些以文字交心的日夜裡，作為一個文青的身分體驗中，我找回了生命的意義。

現在，我的心就像十月的天空，安詳潔淨，時常有滿足快樂的雲絮掠過。物質的清減，獨處的孤寂，都是我為了得到自由而樂於支付的代價。而一個卑微如我的人，居然能按照自己喜歡的方式，只憑一雙手和寫字的技能生存，遵循自主的時間表工作，不用伺候各路臉色，無須忍受人際摩擦，還能養活孩子，我以為：自己是幸運的。當我走在秋天的街道，不必趕路，不必急著去打卡，而是，走著走著，就能停下來，看看我最喜歡的樹枝張開枝葉、映在碧藍晴空上的樣子，我覺得，自己和它們一樣，因自由而美麗、而幸福。

靜默有時，傾訴有時：

愛情、藝術、生活，跨越文化與時代，黎戈筆下的文學巨匠

作　　者：黎戈
發 行 人：黃振庭
出 版 者：崧燁文化事業有限公司
發 行 者：崧燁文化事業有限公司
E-mail：sonbookservice@gmail.com
粉 絲 頁：https://www.facebook.com/sonbookss/
網　　址：https://sonbook.net/
地　　址：台北市中正區重慶南路一段六十一號八樓 815 室
Rm. 815, 8F., No.61, Sec. 1, Chongqing S. Rd., Zhongzheng Dist., Taipei City 100, Taiwan
電　　話：(02)2370-3310
傳　　真：(02)2388-1990
印　　刷：京峯數位服務有限公司
律師顧問：廣華律師事務所 張珮琦律師

定　　價：299 元
發行日期：2024 年 03 月第一版
◎本書以 POD 印製
Design Assets from Freepik.com

國家圖書館出版品預行編目資料

靜默有時，傾訴有時：愛情、藝術、生活，跨越文化與時代，黎戈筆下的文學巨匠 / 黎戈 著 . -- 第一版 . -- 臺北市：崧燁文化事業有限公司 , 2024.03
面；　公分
POD 版
ISBN 978-626-394-067-3(平裝)
855　　113002128

電子書購買

臉書

爽讀 APP